U0153275

目録

日 語 檢 定
必 背 句 型

日語辭書編委會 主編

第一級

第二級

第三級

書泉出版

4級

必背句型

～あと（後）で／…以後

句型 「體言＋の」、動詞過去式＋あとで

説明 用於表示行為、動作的先後順序。

例 勉強のあとでテレビを見る／唸完書以後看電視。

例 食事のあとで散歩をします／吃完飯後散步。

例 先生の説明をを聞いたあとで書いてください／請聽完老師的說明之後再寫。

あまり～／不太…

句型 あまり＋～ない（等否定形式）

説明 有時也說成「あんまり」，與否定形相呼應，表示程度不高。用來修飾動詞時，通常不用於表示行為、動作的次數或數量。日常會話中，指出對某種缺陷、不足時，會以「あまり～ない」的形式，表示委婉的語氣。

例 昨日はおとといに比べてあまり寒くなかった／與前天相比，昨天不太冷。

例 私は日本酒はあまり好きではありません／我不太喜歡日本酒。

例 このごろあまり映画を見ていません／最近我不常看電影。

～か / …嗎？；…呢？

句型 疑問詞＋か

說明 前面接續疑問詞「なに」「だれ」「どこ」「いつ」等，表示不確定、不是很具體的了解、尚未決定等。

例 なにか食べますか / 要吃什麼嗎？

例 だれかに道を聞こう / 找個人問路吧！

例 どこかで見たことがある / 曾經在哪裡見過。

例 いつか行きますか / 什麼時候去？

～が、～ / …可是…；…但是…

句型 詞組、句子＋が、～

說明 表示逆態接續，用於連接具有轉折語氣的片語或句子。

例 薬を飲みましたが、風邪はすこしもよくなりません / 雖然吃了藥，但感冒一點也沒好。

例 くじらは海に住んでいるが、魚ではありません / 鯨魚雖然生活在海裡，但不屬於魚類。

例 昼間は暖かくなったが、夜はまだ寒い / 雖然白天已經變暖了，但夜晚還是很冷。

～が、～

句型 詞組、句子＋が、～

說明 表示順態接續，用於連接前後兩個句子，只具有承上啟下、引出下文的作用。

例 医者に見てもらいましたが、胃が悪いとのことでした／請醫生看了，說是胃不好。

例 この花はきれいだが、なんという名前だろう／這種花很漂亮，叫什麼名字？

例 失礼ですが、先生はご在宅ですか／對不起，老師在家嗎？

～か～か／…還是…；…或者…

句型 體言、用言終止形＋か＋體言、用言終止形＋か

說明 用於表示並列或選擇之時。

例 町へ行ってバナナか西瓜か買って来ようと思う／打算上街買香蕉或西瓜回來。

例 あなたが来るか私が行くかですか／是你來還是我去？

例 冬休みは香港か台湾かに行きたい／寒假想去香港或臺灣。

～が～たい / 想……；想要…

句型 ～が＋他動詞連用形＋たい

説明 在表示願望、希望等的句型中，雖然動詞是他動詞，但是當強調對象時，其對象語用「が」來提示。另外，當句子以「～たい」等現在式結尾時，行為、動作的主體「我」，往往被省略。

例 国へ帰るとき、どんなお土産が買いたいですか / 回國時，想買什麼禮物呢？

例 暑い日には冷たいビールがのみたいです / 天熱的時候，很想喝冰鎮啤酒。

例 わたしはご飯がたべたいです / 我想吃飯。

例 わたしはこの曲の名前が知りたいです / 我想知道這首歌曲的歌名。

問句:「~が~ですか」 / 誰(哪裡、什麼時候、哪個…)是…呢?

答句:「~が~です」 / …是…

句型 問句:「疑問詞+が~ですか」;
答句:「名詞+が+~です」

說明 所謂疑問詞是指「だれ」「どこ」「どれ」「いつ」等。這些詞當主語時,要用「が」加以提示,回答時主語也要用「が」來提示。

例 A:「誰が田中さんですか」 / 「誰是田中?」

B:「あそこに座っている人が田中さんです」 / 「在那裡坐著的人就是田中。」

例 A:「どれがあなたの辞書ですか」 / 「哪個是你的字典?」

B:「これがわたしのです」 / 「這個是我的。」

例 A:「あなたはどこのコーヒーが好きですか」 / 「你喜歡喝哪家的咖啡?」

B:「コーヒー専門チェーンのが好きです」 / 「我喜歡喝連鎖咖啡店的。」

例 A:「紅葉はいつがみごろですか」 / 「楓葉什麼時候最好看?」

B:「秋のが一番いいです」 / 「秋天的最好看。」

～ができる（或ができません）/ 能…；會…（或不能…；不會…）

句型 名詞、「動詞連體形＋こと」＋ができる（或ができません）

說明 這是用來表示可能的句型，既表示能力上的能夠做到，也表示客觀條件上的可能或者被許可。

例 この本は持ち出すことができません / 這本書不能帶出去。

例 わたしは日本語ができます / 我會日文。

例 世界中に無料で通話ができます / 可以和全世界免費通話。

～がほしい / 想……；想要…

句型 名詞＋がほしい

說明 在表示願望、希望等的句型中，雖然是用他動詞，但是當強調對象時，其對象語用「が」來提示。另外，當句子以「～ほしい」等現在式結尾時，行為、動作的主體「我」，往往被省略。

例 29インチのテレビがほしいです / 我想要一臺29吋的電視。

例 住民たちは近くに図書館がほしいです / 居民們希望附近有一間圖書館。

例 日本の友達がほしいです / 我想交日本朋友。

～がほしくない／不想要…

句型 體言＋がほしくない

說明 表示不希望某事發生或不想要某事物。

例 あなたはこんな車がほしくないですか／你不想要這種車？

例 子供がほしくない／不想要小孩。

例 ご飯がほしくない／不想吃飯。

～が～ますか／誰（哪裡、什麼時候、哪個…）做…呢？

句型 疑問詞＋が～ますか

說明 疑問詞是指「だれ」「どこ」「どれ」「いつ」等。這些詞當主語時，要用「が」加以提示，回答時主語也要用「が」來提示。

例 A：「明日のパーティーにだれが来ますか」／「明天的宴會有誰會來？」

B：「私の友達が約10人ぐらい来ます」／「我的朋友大約10人左右會來。」

例 だれがいますか／有人在嗎？

例 どこが間違いますか／哪裡錯了呢？

~から~ / 從…；先…

句型 名詞＋から~

說明 接在表示「人」的名詞後，表示訊息、物品等的來源及某一行為的使動作者。

例 わが家では、お客さんからお風呂に入ることになっている／我們家是從客人開始洗澡。

例 その点についてはわたしから何とも申し上げかねます／關於那個問題，我無可奉告。

例 さっき田中さんから電話がありました／剛才田中有打電話來過。

~から / 由於…；因為…

句型 名詞＋から

說明 接在名詞後，或者借助於「こと」「ところ」等，接在用言後面，表示事物的起因、理由等。相當於中文的「由於」「因為」等。

例 山の頂上の空気のうすさから高山病にかかってしまった／由於山頂上空氣稀薄，得了高山症。

例 ちょっとしたことから喧嘩になってしまった／因為一點小事吵了起來。

例 子供の火遊びから火事になりました／因為小孩玩火造成了火災。

～から～まで / 從…到…；自…至…

句型 體言＋から＋體言＋まで

説明 表示範圍，包括時間和空間的範圍。

例 午前の八時から十二時まで日本語を勉強します / 從上午八點到十二點學習日語。

例 毎日家から会社まで歩いていきます / 每天從家走路到公司。

例 子供たちは月曜日から金曜日まで学校に行きます / 孩子們從星期一到星期五上學。

～しか～ない / 僅…；只…

句型 體言、動詞連體形、部分助詞＋しか～ない

説明 表示唯一的手段、方式和可採取的行動。

例 あの人には一度しか会っていない / 我只見過他一次。

例 朝は牛乳しか飲まない / 早晨只喝牛奶。

例 この店には従業員が三人しかいない / 這家店裡只有三個工作人員。

～たい / 想要…；願意…

句型 動詞連用形＋たい

說明 表示第一人稱的願望，強調說話者希望某行為能夠實現。

例 あなたは父に紹介したいです / 我想把你介紹給我父親認識。

例 わたしはアイスクリームを食べたいです / 我想吃冰淇淋。

例 彼女に会いたいです / 我想見她。

～たいものだ / 真想…；很想…

句型 動詞連用形＋たいものだ

說明 「たい」是願望助動詞，表示希望、願望，「もの」是形式名詞，表示希望、感動的心情，用於加強「たい」的語氣。此句型表示發自內心的強烈願望。

例 ぜひ一度北京へ行ってみたいものだ / 心想一定要去北京一次。

例 一日も早く国へ帰りたいものだ / 真想早一天回國。

例 一日も早く家族に会いたいものだ / 真想早一天和家人見面。

～だけ / 只是…；只有…

句型 體言、用言連體形、部分格助詞＋だけ

說明 表示限定，指限定一定的範圍或程度。

例 このことは君だけに話す / 這件事只告訴你一
個人。

例 二人だけで行く / 只有兩個人去。

例 劉さんだけ返事が来た / 只有小劉回了信。

～たり～たりする / 又…又…；或
者…或者…；時而…時而…

句型 用言連用形＋たり＋用言連用形＋たり
する

說明 表示兩個或兩個以上動作的並列或交替
進行。

例 ころごろは暖かかったり寒かったりして天気
がきまらない / 這幾天天氣忽冷忽熱，變化不
定。

例 友達の誕生日パーティーでみんな楽しく歌っ
たり踊ったりした / 在朋友的生日宴會上，大
家高興地又唱又跳。

例 仕事が忙しくて食事の時間が早かったり遅か
ったりします / 由於工作忙，吃飯時間時早時
晚。

～だろう（或でしょう） / 可能是…；或許…

句型 體言＋だろう（或でしょう）

說明 用於表示對事物的推測、估計或想像時，常與「たぶん」「きっと」相呼應，句尾音調要下降。「だろう」為「でしょう」的常體。

例 北海道では、今はもうさむいだろう / 北海道現在可能很冷吧。

例 この程度の英語なら、だれでも話せるだろう / 這種程度的英語可能誰都會說吧。

例 あしたもいい天気でしょう / 明天或許也是好天氣。

～つもりだ / 打算…；將要…

句型 動詞連體形、連體詞＋つもりだ

說明 表示說話者內心的打算或計畫，疑問句用於第二人稱，其否定形式為「つもりはありません」。

例 大学を卒業してから、日本へ留学するつもりです / 我大學畢業後打算去日本留學。

例 若いころ、医者になるつもりでした / 我年輕時想當醫生。

例 私は今年ヨーロッパを旅行するつもりです / 我今年打算去歐洲旅行。

～て

句型 動詞て形＋て

說明 同一主題有2個以上的動作時，以「て」來連接前後的動作，除了句尾之外，前面的動詞都要改為「て形」。

例 朝ご飯を作って、こどもをおこした／做好早飯後叫孩子起床。

例 電話をかけて、面会の約束をとりつけて、会いに行った／先打電話，約好見面的時間，再去赴約。

例 着物を着て、出かけた／穿好衣服之後出門。

～で～／在…

句型 場所＋で＋動作性動詞

說明 以動作性動詞作為述語時，其動作場所用「で」來提示。相當於中文的「在（場所）…做什麼」。

例 わたしは日本に生まれ、日本で育ちました／我在日本出生，在日本長大。

例 彼はこの論文の第二章で格助詞の使い方を論じている／他在這篇論文的第二章論述了格助詞的用法。

例 この辺でアパートを借りるとなると、4万から5万円といったところですね／要是在這一帶租公寓，房租通常要4萬到5萬日圓。

～で／用……

句型 ～で＋動作性動詞

說明 以動作性動詞作為述語時，其動作方式、方法、手段及工具（包括交通工具）等，用「で」來提示。

例 自転車で通学する学生が多い／騎自行車上學的學生很多。

例 昨日マラソンをテレビで見ることができました／昨天在電視上看到馬拉松比賽了。

例 意味が分からない単語は必ず辞書で調べるようにしてください／意思不懂的單字，一定要查字典。

～で／用……

句型 （表示材料的）名詞＋で

說明 當敘述用什麼東西做什麼的時候，其所用材料用「で」來提示。相當於中文的「用…」。

例 お菓子は小麦粉で作ったのが多い／點心多數都是用麵粉做的。

例 日本では木で作られた家が多いそうです／聽說在日本用木材建造的房子很多。

例 姉は毛糸で手袋を編んでくれた／姐姐用毛線給我織了一副手套。

～で / 在……

句型 表示時間、數量等的名詞＋で

說明 表示行為、動作的時間、期間、物品的數量、購物的價錢及事物的範圍等用「で」來提示。

例 わたしが台北へ来てから今日<u>で</u>ちょうど一年になる / 我來到臺北，到今天正好是一年。

例 このシャツは三枚<u>で</u>500円です / 這種襯衫三件500日圓。

例 日本<u>で</u>一番長い川は信濃川です / 在日本最長的河是信濃川。

～てある / ……好了

句型 動詞連用形＋てある

說明 接在意志動詞後表示：①行為結果的狀態。②動作的完成狀態。③放任不管的狀態。④事先做好準備。

例 論文を書くために、私はたくさん資料を集め<u>てある</u> / 為了寫論文我已經收集好了許多資料。

例 今日はお客さんが来るので、ビールを4本買っ<u>てある</u> / 今天有客人要來，所以已經買好了4瓶啤酒。

例 机の上に本が開けっ放しにし<u>てあります</u> / 桌子上隨意放著打開的書。

～ている

句型 動詞連用形＋ている

說明 表示同一主體或不同主體的動作反覆或習慣。

例 交通事故で毎日多くの人が死んでいます ／ 每天有很多人因交通事故死亡。

例 私は毎朝ジョギングをしています ／ 我每天早晨跑步。

例 毎年大きい台風が日本へ来ています ／ 颱風每年都侵襲日本。

～てから／…之後

句型 用言連用形＋てから

說明 表示行為、動作的先後順序。

例 日本に来てから教育学の勉強を始めた ／ 到了日本之後，開始學習教育學。

例 弟は毎日うちに帰ってからまず宿題をします ／ 弟弟每天回家後，就先寫作業。

例 よく考えてから答えてください ／ 請仔細考慮之後再回答。

～てください / 請…

句型 動詞連用形＋てください

說明 表示請求或要求對方做某事，一般用於同輩。

例 ちょっと待ってください / 請稍等一下。

例 あらかじめ電話で教えてください / 請預先打個電話告訴我。

例 この薬は食後に飲んでください / 這種藥請在飯後服用。

～てくださいませんか / 請…好嗎？

句型 動詞連用形＋てくださいませんか

說明 表示委婉地請求或要求對方做某事，用於向長輩或上級請求時。

例 明日まで待ってくださいませんか / 請等到明天好嗎？

例 すみませんが、通訳してくださいませんか / 麻煩您，幫我翻譯一下好嗎？

例 テレビの音を小さくしてくださいませんか / 請把電視機的聲音關小一點好嗎？

～と～ / …和…

句型 名詞＋と＋名詞

說明 用於並列兩個或兩個以上的名詞，相當於中文的「和」。

例 英語と日本語の中で、どれが一番難しいですか / 英語和日語中，哪種語言最難學？

例 この古い規則と制度は今すぐ廃棄するべきだ / 這種古老的規章制度，現在應馬上廢止。

例 昨日私は上着とズボンを買いました / 昨天我買了上衣和褲子。

～と～ / …和… ; …同… ; …與…

句型 名詞＋と～

說明 此句型中行為、動作的對象，是指行為、動作中不可缺少的相關者。相當於中文的「和……」「與……」。

例 犬が猫とけんかしているところです / 狗正在和貓打架。

例 彼は先月中学時代のガールフレンドと結婚しました / 上個月他和中學時的女友結婚了。

例 あの会社と取引関係を持っています / 和那家公司有生意上的關係。

～といっしょに / 和…（一起）

句型 名詞＋といっしょに

說明 接在表示「人」（包括動物）的名詞後面，在句中作為述語成分，表示行為、動作的參與者。「と」與「いっしょに」搭配使用，相當於中文的「和（誰）一起（做什麼）」。

例 わたしは今日母といっしょに映画を見に行きました／我今天和媽媽一起去看電影了。

例 知らない人といっしょに遊ばないでね／不要和不認識的人玩。

例 子供のときおじいさんといっしょによくこの辺りを散歩していたものです／小時候經常和爺爺在這一帶散步。

～という / 叫做…；稱為…

句型 名詞＋という＋名詞

說明 利用後方的名詞來解釋前方的名詞，帶有說話者或聽話者其中一方，甚至雙方都對所提出的事物不太清楚之意。較粗俗的用法為「～って」。

例 これは桜という花です／這是叫做櫻花的花。

例 これは何という料理ですか／這道料理叫做什麼？

例 田中さんというひとから電話があった／有個名叫田中的人打電話來。

〜というのは / 所謂…就是；所謂…說的就是…

句型 體言＋というのは

說明 用於對某個話題進行解釋或者下定義時。與「とは」的意思相同。

例 大卒というのは大学卒業のことだ / 所謂「大卒」是指大學畢業。

例 MDというのはマイクロディスクのことです / 所謂的MD就是微型磁片。

例 安保理というのは安全保障理事会のことだ / 所謂安保理就是指安全保障理事會（安理會）。

〜とき / …時

句型 動詞原形、動詞た形＋とき

說明 ①前方接續表示動作的動詞原形時，意指於某行為進行之前，或是某行為進行的同時，另一行為也一起完成。②前方接續表示動作的動詞た形時，表示該動作完成後，其他的事件或狀態也隨之實現。

例 台湾へいらっしゃるとき、前もってお知らせ下さい / 來臺灣時，請事先讓我知道。

例 新聞を読むとき、めがねをかけます / 讀報時要戴上眼鏡。

例 家を出たときに、忘れ物に気がついた / 出門時才發現有東西忘了帶。

どうして〜 / 如何…；怎樣…

句型 どうして＋句子（の）＋か

説明 該詞原意為「どのようにして」「どのような方法で」，一般接續意志動詞，表示「如何…」「怎樣…」的意思。當接續的詞語為非意志性時，則變為具有疑問意義的副詞，詞義與「なぜ」相同，即「為什麼」。

例 これからどうして暮らしていこうか / 今後將靠什麼生活呢？

例 私にはどうしていいか分かりません / 我不知道該怎麼辦才好。

例 どうして彼女はまだ結婚していないのですか / 她為什麼還沒結婚呢？

〜とは / 所謂…就是…；所謂…說的就是…

句型 體言＋とは

説明 用於對某個話題進行解釋或者下定義時。與「というのは」的意思相同。

例 週刊誌とは毎週一回出る雑誌のことだ / 所謂周刊雜誌是指每周發行一次的雜誌。

例 名刺とは名前が印刷された紙のことだ / 名片是指印上姓名的紙張。

例 あなたのおっしゃる「あれ」とはいったい何ですか / 你說的「那個」究竟是指什麼？

〜ない（或なかった）／ 不… ; 沒 有…

句型 動詞未然形＋ない（或なかった）

說明 「ない」為否定助動詞，前方加上動詞未然形成為常體的否定句。「なかった」為「ない」的過去式。

例 妹は英語を勉強しない／妹妹不學英文。

例 わたしはきのう日本語を勉強しなかった／我昨天沒唸日語。

例 かれはきょう学校へ来なかった／他今天沒來學校。

〜ないでください／ 請不要…

句型 動詞未然形＋ないでください

說明 表示說話者請求對方不要做某事。

例 鉛筆やボールペンで書かないでください／請不要用鉛筆和原子筆寫。

例 駅でタバコを吸わないでください／請不要在車站吸煙。

例 会社に遅れないでください／上班請不要遲到。

～ながら／一邊…一邊；邊…邊…

句型 動詞連用形＋ながら

說明 表示兩個動作同時進行，以後面的動作為主。

例 お茶でも飲みながら話しましょう／邊喝茶邊聊吧。

例 子供は音楽を聴きながら宿題をしています／孩子一邊聽音樂一邊做作業。

例 山田さんはアルバイトをしながら学校に通っている／山田一邊打工一邊上學。

なぜ～／為什麼…

句型 なぜ＋～のです（或～のだろう）か

說明 用於要求說明原因、理由的句型中，意思和用法與「どうして」（為什麼）相同，該詞還可以與「か」結合，構成「なぜか」，表示「原因不明」。

例 昨日はなぜ無断で欠席したのですか／昨天你為什麼無故缺席？

例 娘のことが最近なぜか気になってしようがない／不知為什麼，最近特別惦記女兒。

例 このごろはなぜかまったく食欲がない／最近不知為什麼，一點食欲也沒有。

〜に〜 / …在…（時候）

句型 （表示行為、動作發生時間的）名詞、
數詞＋に

說明 表示行為、動作發生的時間時，除「今
日」「あした」「きのう」「あさ」「ゆう
べ」「ごぜん」等少數名詞外，一般都要在
表示時間意義的名詞或數詞後面加「に」。

例 毎朝6時におきます / 每天早上6點起床。

例 来週の土曜日に旅行するつもりです / 打算在
　下週六去旅行。

例 来週の木曜日に来ていただきたいと思います
　/ 我想請您下星期四前來。

例 一月の下旬に入学願書とその他の関係書類を
　提出してください / 請於一月下旬提交入學申
　請書及其他相關資料。

例 夏休み中に本を10冊読むつもりです / 我打算
　在暑假期間讀10本書。

例 今週末に試合があります / 這個週末有考試。

～に～がある（或いる）／…在（場所）…有…

句型 場所＋に＋體言＋がある（或がいる）

說明 表示人、動物或物的存在時，其場所用「に」來提示。其動詞的使用，生物一般用「いる」「おる」「いらっしゃる」，非生物則用「ある」表示。但在講述自己有「孩子」「兄弟姉妹」「妻子」時，也可以用「ある」。

例 かれは今どちらにいますか／他現在在什麼地方？

例 わたしは家にとてもかわいい子犬がいます／我家有一隻非常可愛的小狗。

例 駅前に広場があります／在車站前有個廣場。

例 あなたの会社には「社歌」がありますか／你的公司有「社歌」嗎？

例 教室にだれもいません／教室裡沒人。

～に行く / 為……而去

句型 動詞連用形、動作性名詞＋に＋行く

說明 用來表示來或去的目的，一般使用「行く」等表示方向性的自動詞。

例 書店へ本を買いに行きます / 去書店買書。

例 わたしはドイツへ医学の勉強に行きたいです / 我想去德國學習醫學。

例 スーパーマーケットへ買い物に行きました / 去超市買東西。

～にする / 使成為…；弄成…

句型 體言、形容動詞語幹＋にする

說明 通常用於帶有人為作用的主觀意志，積極地促使某事物發生變化時。前方接續形容詞時，要改為「く」形再來連接「する」。

例 部屋をきれいにしなさい / 把房間弄乾淨。

例 ネットのクチコミを参考にしますか / 網路上傳送的訊息能參考嗎？

例 冷たくするともっとおいしいですよ / 弄冷了更好吃。

～になる / 成為…；變成…

句型 體言、形容動詞語幹＋になる

說明 用於表示事物自發性的變化，通常是指未經人為運作所產生的變化。前方接續形容詞時，要改為「く」形再來連接「なる」。

例 彼は働きすぎて病気になった / 他工作過度生病了。

例 大学を出て、もう10年になりました / 大學畢業已經10年了。

例 公園がきれいになりました / 公園變得漂亮了。

～に～を～ / 為…做…

句型 ～に～を＋他動詞

說明 表示施動作者為對方做某事。

例 明日友達に電話をかける / 明天要打電話給朋友。

例 田中さんは外国の留学生に日本語を教えている / 田中先生在教外國留學生日語。

例 わたしは母に誕生日のプレゼントを買ってあげました / 我給媽媽買了生日禮物。

～の～ / …的…

句型 體言＋の＋用言＋體言（包括形式體言）

說明 當主語在句中作為修飾語時，其主格助詞「が」往往可以用「の」來代替。

例 食欲のないのは熱さのせいだろう / 沒有食欲可能是因為天氣熱的緣故吧。

例 父の買ってくれた時計を妹に上げました / 我把父親買給我的手錶送給妹妹了。

例 母の作ってくれたお菓子はとてもおいしいです / 媽媽為我做的點心很好吃。

～の～ / …的…

句型 名詞＋の＋名詞

說明 用於連接兩個名詞，表示所屬關係。相當於中文修飾語的「的」。

例 わたしは大学の寮に住んでいる / 我住在大學的宿舍裡。

例 日本の新幹線はとても速いです / 日本的新幹線車速很快。

例 地球は太陽の周りを回っています / 地球圍繞著太陽轉。

～の～ / …的…

句型 用言、片語的連體形＋の

説明 這個句型的「の」，實際上是形式體言，亦即把前面的用言或片語等「體言」化之後，充當某種句子成分。可表示人、物、事情等。

例 そこに立っているのが長男です／站在那裡的（人）是我的長子。

例 さっき来たのは新聞屋さんです／剛才來的（人）是送報紙的。

例 日本語は漢字を覚えるのがたいへんです／背日語漢字是很困難的。

～は～です（或ではありません）/ …是…

句型 主詞＋は＋名詞＋です（或ではありません）

説明 此為最基本的句型之一，「は」在句中具有提示主詞的作用，「です」則具有判斷、說明的作用。「ではありません」為「です」的否定形。

例 これは本です／這是書。

例 山田さんは先生です／山田先生是老師。

例 わたしは日本人ではありません／我不是日本人。

～は～です

句型 主詞＋は＋形容詞、形容動詞語幹＋で
す

說明 此為最基本的句型之一，「は」在句
中具有提示主詞的作用，「です」則具有判
斷、說明的作用。

例 妹の頭はいいです／妹妹的腦袋很好。

例 赤ちゃんの手は小さいです／嬰兒的手很小。

例 あの女の子はかわいいです／那個女孩很可
愛。

～は～がすきです（或きらいです）／
喜歡…；討厭…

句型 體言＋は＋體言＋がすきです（或がき
らいです）

說明 助詞「は」是用來提示前方的主體，而
所使用的助詞「が」，則是用來提示出喜歡
或討厭的對象。

例 父は書道がすきです／父親喜歡書法。

例 わたしは緑色の鳥が好きです／我喜歡綠色的
鳥。

例 うちの子供は野菜がきらいです／我的孩子很
討厭蔬菜。

～は～にある（或いる）／…在（場所）…有…

句型 體言＋は＋場所＋にある（或にいる）

說明 表示人、動物或物的存在時，其場所用「に」表示。其動詞的使用，生物一般用「いる」「おる」「いらっしゃる」，非生物用「ある」表示。但在講述自己有「孩子」「兄弟姉妹」「妻子」時也可以用「ある」。另外，在故事等作品中，表示人的存在時，也可以用「ある」。同時，在表示移動中的交通工具時，也有用「いる」的情形。

例 彼女は今どこにいますか／她現在在哪裡？
例 わたしは家にいます／我在家裡。
例 本は図書館にあります／圖書館裡有書。
例 かれは教室にいます／他在教室裡。

～へ行く（或「くる」或「帰る」或「歩く」…）／向…；往…

句型 名詞＋へ＋行く（或「くる」或「帰る」或「歩く」…等）

說明 接在與方位有關的名詞後，表示方向或場所。可加「の」作為修飾語。後面一般接續表示方向的動詞，如：「行く」「来る」「帰る」「歩く」等。

例 彼は口笛を吹きながら、駅のほうへ歩いていった／他吹著口哨往車站方向走去。

例 昔は小学校へすら行けなかった子供がおおぜいいます／過去有很多孩子連小學都沒上過。

例 上海へ行く特急はいつ発車しますか／開往上海的特快車幾點發車？

例 7時に学校へ行きます／7點去學校。

～まえ（前）に / 在…之前

句型 「體言＋の」、動詞連體形＋前に

說明 用於表示行為、動作的先後順序。

例 毎晩寝るまえにちゃんと歯を磨きなさい / 每天晚上睡覺前，要好好地刷牙。

例 食事のまえに手を洗いなさい / 吃飯之前要洗手。

例 結婚するまえに銀行に勤めていました / 結婚前在銀行工作。

～ましょう（か）/ …吧

句型 動詞連用形＋ましょう（か）

說明 表示勸誘的一種用法，用於邀約對方一起做某事，或者鼓勵對方時。「ましょうか」則有「讓我來為…做某事」的意思。

例 少し、休みましょう / 稍微休息一下吧！

例 英語を基礎からはじめましょう / 從基礎開始學英語吧！

例 もっとがんばりましょう / 再加點兒油吧！

例 そろそろ出かけましょう / 差不多該出門了吧！

4級

～ませんか / 要不要…；想不想…

句型 動詞連用形＋ませんか

說明 這是由「ます」的否定形式加上終助詞「か」所構成。用於表示勸誘的場合，是一種較委婉的說法。

例 農業をやってみ<u>ませんか</u> / 要不要從事農業呢？

例 ちょっと出かけ<u>ませんか</u> / 要不要出去走走？

例 北海道で暮らしてみ<u>ませんか</u> / 想不想住在北海道呢？

例 あなたはケーキをたべ<u>ませんか</u> / 你要不要吃蛋糕？

まだ～ / 還有…；尚未…

句型 まだ＋肯定句、否定句

說明 用於表示事物或時間還有剩餘，也可以表示預定的事情、狀態至今尚未進行或完成。「まだ」後接否定形式，表示「還沒有、尚未」之意。

例 <u>まだ</u>時間があります / 還有時間。

例 コーヒーは<u>まだ</u>あついです / 咖啡還很燙。

例 風邪は<u>まだ</u>よくならない / 感冒尚未痊癒。

例 事故の原因は<u>まだ</u>わかっていない / 事故的原因還不清楚。

～も～も / 既…也…

句型 體言A＋も＋體言B＋も

說明 體言A與體言B共用同一個敘述句，用於列舉類似的事物。

例 かれは英語も日本語も上手です / 他的英文和日文都很強。

例 このクラスには男性も女性もいます / 這個班級有男生也有女生。

例 電話もテレビもなく、まずしいいえだっだ / 是個既沒電話也沒電視的家。

もう～ / 已經…

句型 もう＋動詞過去式

說明 與動詞的過去式相呼應，表示行為、動作在過去某一時刻已經結束。有時也與「～ている」相呼應，表示行為、動作已經完成，其結果、狀態仍然持續到現在。

例 木村さん、あなたはもう昼ごはんを食べましたか / 木村，你已經吃過午飯了嗎？

例 宇宙旅行も、もう夢ではなくなりましたね / 太空旅行已經不是夢想了。

例 その問題は、もう解決している / 那個問題已經解決了。

～や～など／…和…等

句型 體言＋や＋體言＋など

說明 「や」為並列的用法，用於自同類事物中列舉數個例子時，常與「など」相呼應，用來強調所列舉的只是其中的一部分。相似的用法「と」則表示只有列舉出來的那個部分。

例 ここに歴代先祖の肖像画や写真などがあります／這裡有歷代祖先的畫像和照片等。

例 説明会では、新ロゴやプランなどが発表されました／在說明會上發表新的商標和企劃案等。

例 かばんの中にボールペンやノートなどがあります／包包裡有原子筆和筆記本等。

～を～／把…

句型 體言＋を＋他動詞

說明 以他動詞作為句中的述語時，他動詞所涉及的目的物、對象等，均應加「を」成為受詞。

例 わたしは日本語を勉強しています／我正在學習日語。

例 李君を呼んできてください／請把小李叫來。

例 歯が痛くてご飯を食べられない／因為牙疼，沒有辦法吃飯。

～を～／離開…；從…

句型 體言＋を＋自動詞

說明 以具有離開意義的自動詞作為句中的述語時，其離開的場所用「を」來提示。

例 わたしは毎朝7時ごろ家を出て、会社へ行きます／我每天早晨7點鐘左右從家裡出來，之後去公司。

例 彼は毎日5時になると、会社を飛び出していく／他每天5點鐘一到，就馬上離開公司。

例 二人は同じ日に日本を去った／兩個人同一天離開了日本。

～を～／經過…；沿著…

句型 ～を＋移動動詞

說明 以具有移動意義的自動詞作為句中的述語時，其經過的場所用「を」來提示。

例 流れ星が夜空を落ちていく／流星從夜空中滑落。

例 雨の玉が電線を伝わって流れ落ちた／雨珠順著電線流下去了。

例 道を渡るとき車に気をつけてね／過馬路時，要注意來往的車輛喔。

～をください / 請…；請給我…

句型 體言＋をください

說明 此為有禮貌的命令句，可用於點餐、購物或要求某人為自己做某事時。數量詞則要加在「ください」之前。

例 コーヒーをください / 請給我咖啡。

例 ボールペンを3本ください / 請給我3枝原子筆。

例 先輩方のアドバイスをください / 請前輩給予建議。

例 もうちょっと割引を下さい / 請給我打個折。

例 ご予約のお電話をください / 請來電預約。

～あげる / 弄完……；做好……

句型 動詞連用形＋あげる

說明 接在繼續動詞後，構成複合他動詞。表示動作、行為的完了、結束，也表示動作、行為的結果。

例 粘土を山の形に捏ねあげる / 把黏土捏成山的形狀。

例 僕の作品を作りあげた / 我的作品完成了。

例 ただ一日で子供の服を縫いあげた / 只用了一天就做好了小孩的衣服。

お（或ご）～いただく / 請…做…

句型 お（或ご）＋動詞連用形、サ行變格動詞語幹＋いただく

說明 這是一種自謙形式，用於請求長輩、上級為自己做某事，或說話者接受對方為自己做某事。

例 私はただ今ご紹介いただきました田中です / 我就是剛才承蒙您介紹的田中。

例 よろしかったらご紹介いただけませんか / 如果方便的話，請您介紹一下好嗎？

例 ご理解いただければ幸いだと思います / 若能得到您的理解，本人深感榮幸。

～（さ）せていただく / 請允許（我、我們）…

句型 五段、サ行變格動詞連用形＋せていただく；一段、カ行變格動詞連用形＋させていただく

說明 表示以謙遜的語氣請求他人允許自己做某事。

例 取り急ぎ安着のご報告をさせていただきます / 匆匆向您報告我已經平安到達。

例 用があるので、お先に帰らせていただきます / 因為有事，請讓我先走一步。

例 本日休業させていただきます / 今日停業。

お（或ご）～する / 讓我…；我來…

句型 お（或ご）＋動詞連用形、サ行變格動詞語幹＋する

說明 用自謙的語氣表示自己的動作，從而表示對對方尊敬的表達方式。

例 私がお荷物をお持ちしましょう / 您的行李由我來拿吧。

例 車をご用意しました / 為您準備好車子了。

例 窓をお閉めしましょう / 我來關窗戶吧。

お（或ご）～になる

句型 お（或ご）＋動詞連用形、サ行變格動詞語幹＋になる

説明 表示對進行該動作的人的尊敬，用於敘述尊長的行為。但像「見る、きる、ねる、する」等動詞、「くれる、行く、言う」等有特定敬語的動詞、「スタートする」等外來語動詞、「はらはらする」等由擬聲詞、擬態詞構成的動詞，不能以「お（或ご）～になる」的形式來表示。

例 今日の新聞をお読みになりましたか / 今天的報紙您看了嗎？

例 明日何時ごろご出勤になりますか / 您明天幾點上班？

例 野村先生は1986年に東京大学をご卒業になりました / 野村老師於1986年畢業於東京大學。

～終わる / 做完……

句型 動詞連用形＋終わる

説明 表示動作做完、完了。

例 宿題をやり終わってから、遊びに出た / 做完作業後出去玩。

例 書き終わったら、出してください / 寫完之後，請交上來。

例 やっと卒業論文を書き終わった / 終於寫完了畢業論文。

～かどうか / 是否…

句型 體言、動詞或形容詞終止形、形容動詞語幹＋かどうか

說明 用於表示肯定與否。

例 それが本物かどうか、ちょっと怪しい / 那個東西是否是真貨，有點可疑。

例 本当かどうか、わからない / 不知道是不是真的。

例 明日休みかどうか、社長に聞いてみましょう / 明天是否休息，問問社長吧。

～かもしれない / 也許…；恐怕…；說不定…；可能…

句型 動詞、形容詞終止形、體言、形容動詞語幹＋かもしれない

說明 表示不確實的判斷，實際情況如何不清楚，判斷事物可能是這樣或那樣。

例 私はそんなことを言ったかもしれない / 我也許說過那樣的話。

例 あの映画は退屈かもしれない / 那個電影恐怕很無聊。

例 明日の試験は難しいかもしれない / 明天的考試也許會很難。

～がる；～がっている / 感覺……；覺得……

句型 形容詞、形容動詞語幹、助動詞「たい」的語幹＋がる（或がっている）

説明 表示第三人稱顯露在外的樣子、狀態。「がる」表示外露的樣態；「がっている」表示樣態一直持續到説話時。「～がる」變成客觀敘述的動詞，不能用於第一人稱。

例 怖がらなくてもいいのよ。この人はお母さんの友達なの / 不要害怕，這個人是你媽媽的朋友。

例 彼はとてもあなたに会いたがっています / 他非常想見你。

例 李さんは故郷を懐かしがっています / 小李懷念著故鄉。

～こと / …事情

句型 用言連體形＋こと

説明 接在句子或詞組等後面，使該句子或詞組具有名詞詞性，在句中充當某些句子的成分。

例 言うことは易しいが行うことは難しい / 說起來容易，做起來難。

例 私もあなたのことはつかの間も忘れたことはありません / 我一刻也不曾忘記過你。

47

～ことがある / 曾經……過……

句型 動詞過去式＋ことがある

說明 表示曾經有過某種體驗、經歷。

例 私は一度アフリカへ行ったことがあります /
我曾經去過非洲一次。

例 そんな話は聞いたことがあります / 那樣的事
我曾聽說過。

例 ああ、その本なら、子供のごろ読んだこと
があります / 啊！那本書的話，我小時候讀
過。

例 高橋さんにはこれまでに2回お会いしたことが
あります / 迄今為止我見過高橋先生兩次。

～ことがある；～ことがない / 有做…
過；沒做…過

句型 動詞過去式＋ことがある（或ない）

說明 「ことがある（或ない）」接在動詞
「た形」後，表示過去曾經有過或做過什麼
事情。

例 私はあの人ほど素晴らしい人に会ったことが
ありません / 我沒見過像他那麼優秀的人。

例 このレストランでスペゲッティを食べたこと
があります / 曾在這家餐廳吃過義大利麵。

例 あなたは富士山に登ったことがありますか /
你爬過富士山嗎？

～ことができる / 可以⋯；能⋯；會⋯

句型 動詞原形＋ことができる

說明「～ことができる」接在動詞原形後，表示能夠做什麼。其否定形式為「～ことはできない」。

例 彼は日本語を話す<u>ことができ</u>ますか / 他會講日語嗎？

例 信頼してくれる人々を失望させる<u>ことはできない</u> / 不能讓信賴我的人失望。

例 残念ですが、ご要望にお答えする<u>ことはできません</u> / 很遺憾，我不能滿足您的要求。

～ことにする / 決定⋯

句型 動詞連體形＋ことにする（或ことにしている）

說明「ことにする」接在動詞連體形後，表示說話者所做的主觀決定。「ことにしている」表示說話者或別人做出決定之後，現在正遵照執行。

例 今日はどこへも行かないで勉強する<u>ことにした</u>よ / 我決定今天哪兒也不去，決定要念書。

例 私は毎日必ず日記をつける<u>ことにしている</u> / 我每天都寫日記。

例 小遣いは毎月百円を越さない<u>ことにしている</u> / 每個月的零用錢都控制在一百日圓以內。

～ことになる / 結果……；就會……

句型 動詞連體形＋ことになる

說明 表示狀態變化的結果或事物的發展趨勢。

例 成績がよくなかったので、また試験を受ける <u>ことになりました</u> / 因為成績不佳，結果還得參加考試。

例 こんなことになるとは思わなかった / 沒想到會變成這個樣子。

例 この道をまっすぐ行けば銀行の前に出る<u>ことになる</u> / 沿著這條路直走就會來到銀行前面。

～（さ）せていただく / 請允許（我、我們）…

句型 五段、サ行變格動詞連用形＋せていただく；一段、カ行變格動詞連用形＋させていただく

說明 表示以謙遜的語氣請求他人允許自己做某事。

例 取り急ぎ安着のご報告を<u>させていただきます</u> / 匆匆向您報告我已經平安到達。

例 用があるので、お先に帰ら<u>せていただきます</u> / 因為有事，請讓我先走一步。

例 本日休業<u>させていただきます</u> / 今日停業。

～そうだ／聽說……；據說……

句型 用言、助動詞終止形＋そうだ

說明 經常以「～によると～そうだ」的形式來表示傳聞。「そうだ」是傳聞助動詞，「によると」表示傳聞的根據或出處，有時可省略。

例 あの人は東京大学の学生だそうです／聽說他是東京大學的學生。

例 天気予報によると、明日雨が降るそうです／據天氣預報說明天有雨。

例 田中さんはタバコが嫌いだそうです／聽說田中先生不喜歡抽煙。

～出す／……出來了；……出來的

句型 動詞連用形＋出す

說明 接在動詞連用形後構成複合動詞。①表示向外部移動。②表示某種動作「開始」的意思。③表示做出來、顯現出來。

例 煙が隙間からふき出します／煙從縫隙噴出。

例 彼女はしゃべり出したら、止まらない／她一打開話匣子就沒完。

例 雨が降り出しました／下起雨來了。

～ため（に）／為了…

句型 動詞連體形、「體言＋の」＋ため（に）

說明 「ため」用於表示目的時，一般要接在動詞原形之後。但偶爾也有接在動詞否定形之後的情況，即「～ないために」。另外，古語中的「動詞未然形＋んがため」的表達方式，也偶爾出現在書面語中。

例 疲れを癒すためにサウナへ行った／為了消除疲勞去做了蒸氣浴。

例 川に落ちた子供を救うため、命を落とした／為救掉進河裡的小孩，而失去了生命。

例 あなたのためならば、どんなことでもするつもりです／如果是為了你的話，我願意做任何事情。

例 この番組はテレビのために作られたものです／這個節目是為了電視而製作。

～ために / 因為…；由於…

句型 用言連體形、「體言＋の」＋ために

說明 這個句型表示原因，其意思與「～せい
で」「～おかげで」類似。句型中的「用言
連體形」是指除了動詞原形之外的「用言」
的連體形。

例 運動会は雨のために順延しました / 運動會因
雨順延。

例 事故があったためにに遅刻しました / 因為交
通事故而遲到。

例 台風のために、旅行に行けませんでした / 因
為颱風的緣故，所以沒能去旅行。

例 運動不足のために、最近ふとってきて困って
いる / 因為缺少運動最近胖起來了，有點困
擾。

例 株価が急落したために、市場が混乱している
/ 由於股市暴跌，市場出現混亂。

53

〜たらどうですか / …怎麼樣？；…好不好？

句型 動詞連用形＋たらどうですか

說明 表示勸誘或建議對方做某事，語氣較委婉。有時也含有責怪對方不去做某事的意思。

例 日本語で日記を書いてみたらどうですか / 用日語寫寫看日記怎麼樣？

例 地図を書いてもらったらどうですか / 請你畫張地圖好不好？

例 家へ遊びに来たらどうですか / 到我家來玩好不好？

〜つもりだ / 打算…；將要…

句型 動詞連體形、連體詞＋つもりだ

說明 表示說話者內心的打算或計畫，疑問句用於第二人稱，其否定形式為「つもりはありません」。

例 大学を卒業してから、日本へ留学するつもりです / 我大學畢業後打算去日本留學。

例 若いころ、医者になるつもりでした / 我年輕時想當醫生。

例 あなたは将来会社に勤めるつもりですか / 你將來打算在公司工作嗎？

～ていく／…下去

句型 動詞連用形＋ていく

說明 ①表示某種動作由近而遠地移動或變化。②表示某種狀態從某時間開始繼續下去。

例 子供はこの部屋から走っていきました／孩子從這個房間跑出去了。

例 物価はどんどん上がっていく／物價不斷地上漲。

例 おじいさんの病気はますます重くなっていった／爺爺的病越來越嚴重了。

～ていただく／請…；請您…

句型 動詞連用形＋ていただく

說明 一般用於請長輩或地位高於自己的人為自己做某事。是「～てもらう」的自謙形式。

例 今日はいろいろと話していただいて、たいへん勉強になりました／今天您給我們講了很多，受益很大。

例 先生に作文を直していただきました／請老師修改了作文。

例 もう一度説明していただけないでしょうか／能否請您再講一遍？

～ているところだ / 正在……

句型 動詞連用形＋ているところだ

說明 接續在繼續動詞連用形後，表示正在進行某種動作。

例 父は帰ってきたばかりで、今、食事をしているところです / 父親剛回來，現在正在吃飯。

例 みんなは木村先生の講演を聞いているところです / 大家正在聽木村老師的演講。

例 今、資料を集めているところです / 現在正在收集資料。

～ておく / 事先……；……繼續著

句型 動詞連用形＋ておく

說明 「おく」表示為了某種特定的目的，事先做好準備工作，也表示讓某種狀態繼續保持下來。

例 コンピューターに作業の手順を教えておきます / 事先把作業程序輸入電腦。

例 傷んだところをそのままにしておきます / 對損傷的部分就這樣置之不理。

例 本を閉じずに開けたままにしておいてください / 不要把書合上，就那麼打開來放著。

〜てくださる / …給… ; …幫我…

句型 動詞連用形＋てくださる

說明 表示他人為自己或與自己有關的人做某事。是「〜てくれる」的敬語說法，表示上級或長輩，為下級或晚輩做某件事情。

例 先生は私のために推薦状を書いてくださいました / 老師幫我寫了推薦信。

例 お忙しいところをわざわざ来てくださって、ありがとうございます / 百忙之中特意來看我，非常感謝。

例 これは部長が貸してくださった書類です / 這是部長借給我的文件。

〜てくる / …起來 ; …過來

句型 動詞連用形＋てくる

說明 ①表示某種動作由遠及近地移動或變化。②表示某種變化或過程的開始。

例 父は昨日日本から帰ってきた / 父親昨天從日本回來了。

例 日本語がだいぶ上手になってきましたね / 日語說得好多了呀。

例 バスがだんだん込んできた / 公車裡越來越擁擠了。

～てくれる / …為我… ; …幫我…

句型 動詞連用形＋てくれる

說明 表示他人為自己或與自己有關的人做某事或某動作。為「受益」的講法。

例 友達が私の荷物を運んでくれる予定です／打算由朋友為我搬行李。

例 あの辞書を取ってくれ／把那本辭典拿給我。

例 いくら頼んでも手伝ってくれない／怎麼求他，也不幫我。

～てさしあげる / …給…

句型 動詞連用形＋てさしあげる

說明 表示為他人做某事。比「～てあげる」語氣敬重一些。一般用於年齡、地位、身分相差懸殊的人之間。

例 私はお客さんに京都を案内してさしあげました／我帶客人參觀了京都。

例 私は先生に記念写真をおくってさしあげました／我給老師寄了紀念照。

例 あなたはお父さんに何を買ってさしあげましたか／你給你父親買了什麼？

～てしまう / ……完了；……了

句型 動詞連用形＋てしまう

說明 補助動詞「しまう」表示動作、作用的全部完成和結束。當動詞完成後所表達的結果，不是說話者所期望的，或說話者在無意識下做出的事時，會產生因無可挽回而感到遺憾、惋惜、後悔等語氣。

例 彼は病気で35歳死んでしまいました / 他35歳就病逝了。

例 新しい時計をうっかり壊してしまいました / 由於疏忽把新錶弄壞了。

例 昨日の宿題を全部やってしまいました / 昨天的作業全部做完了。

～てはいけない / 不許…；不准…

句型 用言連用形＋てはいけない

說明 表示禁止、不許可的意思。

例 教室でタバコを吸ってはいけません / 不許在教室吸煙。

例 外でコートを脱いではいけません / 不要在外面脫大衣。

例 作文は短くてはいけません / 作文不能寫得太短。

～てみる / 試試…；…看看

句型 動詞連用形＋てみる

說明 表示動作、行為的嘗試。

例 どうぞ食べてみてください / 請嘗嘗看吧。

例 着てみてから買いましょう / 試穿之後再買。

例 出来るかどうかやってみる / 試試看能不能。

～ても（或たって）いい（或よろしい）/ 可以…

句型 用言、一部分助動詞連用形＋ても（或たって）いい（或よろしい）

說明 表示允許、同意做某動作或出現某種狀態。「ても」是接續助詞，「いい」是形容詞，表示允許。接續「言う」「思う」「考える」「見る」等，以「と言ってもいい」「と見てもいい」的形式，表示承認「と」所引用的事實。

例 今日はお風呂に入ってもいいですか / 今天可以洗澡嗎？

例 君は病気だから来なくてもいい / 因為你生病，不來也沒關係。

例 ここでタバコを吸ってもいいですか / 可以在這兒吸煙嗎？

例 商品はいつ発送してもよろしいですか / 商品何時寄送都可以嗎？

～てもかまわない／…也不要緊；…也沒關係

句型 動詞、形容詞連用形、形容動詞語幹、體言＋てもかまわない

說明 表示允許做某事、即使做某事也沒關係，與「てもいい」「ても結構だ」意思基本上相同。

例 子供を連れてきてもかまいません／帶孩子來也沒關係。

例 品がよければ高くてもかまいません／東西好的話貴一點也不要緊。

例 靴のまま入ってもかまいません／穿鞋進來也沒關係。

～てもらう／…給…；請…給…

句型 動詞連用形＋てもらう

說明 表示請求他人為自己或與自己有關的人做某事。

例 早く医者に診てもらったほうがいい／還是早點請醫生看看比較好。

例 私は友達に日本の地図を買ってもらいました／請朋友給我買了日本地圖。

例 君に手伝ってもらいたい／想請你幫幫忙。

～と～ / 一…就… ；如果…就…

句型 動詞原形＋と～

說明 接在動詞原形後，表示行為的動作、狀態等相繼或者連帶發生，相當於中文的「一……就……」等。也可以表示假設條件，相當於中文的「如果…就…」。

例 話が始まると、あたりは静かになった／一開始說話，週遭就變得很安靜。

例 電車が止まると、乗っていた人が降り始めた／電車一停，乗客就開始下車。

例 冬になると北風がビユービユーと吹いてくる／一到冬天，北風就呼呼地吹來。

例 この道をまっすぐ行くと右側に郵便局がある／順著這條路一直往前走，在右側有一間郵局。

> 問句：「～と～とどちらが～ですか」
> /…和…哪一個比較…
> 答句：「（より～）～のほうが～で
> す」/…比較…

句型 問句：「體言＋と＋體言＋と＋どちら
が～ですか」答句：「（より～）～のほう
が～です」

說明 以形容詞作為述語的比較句中，如果
是兩種事物擇一時，疑問句一般使用此句
型：「～と～とどちらが～ですか」，其中
以疑問詞「どちら」作為主語時，以格助詞
「が」來提示。回答時，以回答的內容作為
主語，也可以用格助詞「が」來提示。亦即
以「（より～）～のほうが～です」的句型
來回答。

例A：「山口さんと川口さんとどちらが若いです
か」/「山口和川口誰比較年輕？」
B：「（川口さんより）山口さんのほうが若い
です」/「山口比較年輕。」

例A：「地下鉄とバスとどちらが速いですか」/
「地下鐵和公車哪一個快？」
B：「（バスより）地下鉄のほうが速いです」
/「地下鐵比較快。」

例A：「夏と冬とどちらがすきですか」/你比
較喜歡夏天還是冬天？
B：「私は夏のほうがすきです」/我比較喜
歡夏天。

63

問句：「（～で）どれ（或だれ或どこ
或いつ）がいちばん～ですか」
答句：「～がいちばんです」

句型 問句：「（～で）どれ（或だれ或どこ
或いつ或疑問詞）がいちばん～ですか」答
句：「～がいちばんです」

説明 以形容詞作為述語的比較句中，如果是
三者以上擇一時，則用「（～で）どれ、だ
れ、どこ、いつ…等疑問詞＋がいちばん～
ですか」的句型來表示。回答時，主語也用
格助詞「が」來提示，即以「～がいちばん
です」的句型來回答。

例 A：「ピンポンとテニスとバトミントンの中で
どれが一番面白いですか」／「在乒乓球、網
球和羽毛球當中哪一個最好玩？」

B：「テニスが一番面白いです」／「網球最
有意思。」

例 A：「一週間の中で何曜日が一番忙しいです
か」／「一星期當中星期幾最忙？」

B：「月曜日が一番忙しいです」／「星期一
最忙。」

例 A：「ウイスキーとビールと日本酒の中で、ど
れが一番強いですか」／「威士忌、啤酒和日
本酒，哪一種後勁最強？」

B：「ウイスキーが一番強いです」／「威士
忌後勁最強。」

～という / …說…

句型 終止形＋という

說明 以表示引用、思考、稱謂等意義的動詞（常用的有：「言う」「思う」「考える」等）作為述語時，其具體內容要用「と」來提示。

例 かれは頭が痛いと言います／他說頭很痛。

例 子どもが携帯電話を欲しいと言います／小孩子說想要手機。

例 日本では食事の前に「いただきます」と言います／在日本用餐前要說「いただきます」。

例 彼はちょっと急用があるからと言って、さっさと帰りました／他說有點急事，就急急忙忙地回去了。

というのは～ / 因為…；是因為……

句型 句子＋というのは＋句子＋からです
（或から）

説明 用於連接句子，其用法和意思與「なぜ
なら」基本上相同，也是用於對前項所述事
由的說明。不同之處是，「なぜなら」屬於
書面用語，而「というのは」多用於日常會
話。

3級

例 父は彼を信用していませんでした。<u>というの
は</u>、それまでに何度もだまされましたから /
父親不相信他，是因為以前被他騙過很多
次。

例 私はいつも手帳を持って歩いている。<u>という
のは</u>、このごろ物忘れがひどくなったからで
す / 我總是隨身帶著記事本。因為近來特別
健忘。

例 この薬は食間に飲んでください。<u>というの
は</u>、その方が吸収が早く、よく効くからです
/ 請於兩餐之間服用這種藥。因為這樣可以
加速吸收、效果更好。

～なければいけない／必須…；應該…；要…

句型 動詞未然形、形容詞或形容動詞連用形、「名詞＋で」＋なければいけない

説明 「なければ」是由否定助動詞「ない」的假定形「なけれ」接接續助詞「ば」構成的，用於表示條件。「いけない」是連語，與「ならない」「だめ」意思相同。該句型表示不做某事不行，必須做某事的意思，含有命令的語氣。

例 今日はお金を払わなければいけません／今天必須付錢。

例 大切なことは親と相談しなければいけません／重要的事情一定要和父母商量。

例 明日、本を持って行かなければいけません／明天必須帶書去。

例 作業はもっと簡単にならなければいけない／作業應該弄得更簡單一點。

～なくてもいい／不……也沒關係；沒有……也不要緊；用不著…

句型 動詞未然形、「體言＋で」＋なくてもいい

說明 「なく」是否定助動詞「ない」的連用形，「ても」是接續助詞，表示逆接條件，該句型表示不這樣做也可以。

例 明日の会議に出席しなくてもいいです／不出席明天的會議也沒關係。

例 ビールさえあれば、ほかの飲み物はなくてもいい／只要有啤酒，沒有別的飲料也可以。

例 休日には学校へ行かなくてもいい／假日不去學校也沒關係。

例 世の中には知らなくてもいいことがたくさんあります／世界上有很多事是不知道也沒關係的。

3級

～なくてもかまいません / 不⋯⋯也沒關係；沒有⋯⋯也不要緊；用不著⋯

句型 動詞未然形、形容詞或形容動詞連用形、體言＋なくてもかまいません

說明 「なく」是否定助動詞「ない」的連用形，「ても」是接續助詞，表示逆接條件，「かまいません」與「いい」意思基本上相同。該句型表示也可以不做某事。

3級

例 この部屋は毎日掃除をしなくてもかまいません / 這個房間用不著每天打掃。

例 今晩のコンサートは入場券がなくてもかまいません / 今晚的音樂會沒有入場券也不要緊。

例 都合が悪いなら、行かなくてもかまいません / 如果不方便的話可以不去。

例 この問題は回答してくれなくてもかまいません / 這個問題不回答也不要緊。

～なければならない / 必須…；應該…；要…

句型 動詞未然形、形容詞或形容動詞連用形、「名詞＋で」＋なければならない

說明 表示有義務理應做某事。口語中有時用「なくちゃならない」。

例 お客さんに話す言葉は丁寧でなければなりません / 對客人說話必須要有禮貌。

例 普段着は丈夫でなければなりません / 平時穿的衣服要耐穿。

例 小切手のサインは本人でなければならない / 支票必須要本人簽名。

例 なぜ彼らは1日の中で最も暑い時間帯に試合をしなければならないのだろう / 為什麼他們一定要在一天中最熱的時段舉行比賽？

70

～にくい／難以……；難……；不容易……

句型 動詞連用形＋にくい

說明 「にくい」屬於口頭用語，用於日常會話中。表示由於客觀存在的原因而難以達到某種程度，也表示某事物對某種作用、動作具有一定程度的抗拒。

例 早口言葉は言いにくい／繞口令不容易說。

例 この薬は苦くて、飲みにくい／這種藥很苦，很難喝。

例 覚えにくい単語が多くて困る／難記的單字太多，很傷腦筋。

～のに～／為了…

句型 動詞原形＋のに～

說明 「のに」中的「の」是形式體言，用於將前面的用言或句子體言化，後加「に」表示「為達此目的……」的意思。

例 卒論を書くのに半年ぐらいかかりました／為了寫畢業論文，花了半年的時間。

例 上京してから標準語を覚えるのにたいへん苦労しました／到東京後，為了學習標準語吃了不少苦頭。

例 暖房は冬を快適に過ごすのに不可欠です／為了能舒適地過冬，暖氣設備是不可缺少的。

~は~より~ / 比起…

句型 ~は＋體言、用言連體形＋より＋形容詞、形容動詞

說明 這是表示兩種事物進行比較的句型，以形容詞或形容動詞作為述語，相當於中文的「比…（怎麼樣）」。

例 今日は昨日より暖かいです / 今天比昨天暖和。

例 駅の前は公園よりにぎやかです / 火車站前比公園熱鬧。

例 試験は思ったより易しかったです / 考試比預料的容易。

~ばかり / 僅…；只…；淨…

句型 體言、用言連體形、部分助詞＋ばかり

說明 用於表示限定的範圍。

例 人生は雨の日ばかりじゃない / 人生中並非只有雨天。

例 彼はこのごろ漫画ばかり読んでいる / 他最近光看漫畫。

例 彼は悪い人とばかり付き合っている / 他淨跟壞人交往。

例 私は今日どこへも行かず、家にばかりいます / 我今天哪兒也不去，只待在家裡。

～はずがない（或はずはありません）
/不可能……；不會……

句型 用言、助動詞連體形＋はずがない（或はずはありません）

說明 用於提示出理由、道理，表示以某種事實為依據並做出判斷因而認為不具可能性。

例 彼は病気で寝ているんだから来るはずはありません／他因病休息，所以不會來。

例 そんな小さなことで怒るはずはありません／不會因為那種小事生氣。

例 そんなことは子供には分かるはずがない／那種事小孩是不會明白的。

～はずだ／按理說…；理應…；應該…

句型 用言連體形＋はずだ

說明 表示預測某事物理應是某種情形，是以某事實為根據進行推測、估計未知的事實。另外，也表示預定。

例 確かに昨日そこに置いたんだから、あるはずだ／昨天的確放在那兒了，應該在呀。

例 九州は今梅雨に入っているはずです／九州現在應該進入梅雨季了。

例 今年の四月に帰国するはずです／預定今年四月份回國。

～ほうがいい / 最好…；…較好

句型 動詞、助動詞連體形＋ほうがいい

說明 表示向對方提出建議或勸告，勸說對方採取某種行為。「ほう」接在動詞連體形後，一般用過去式，但也可以用現在式。

例 疲れているんだから、早く寝たほうがいいでしょう / 你累了，最好還是早點睡的好。

例 タバコはやめたほうがいいです / 香煙還是戒了的好。

例 自信がない時は辞書で確かめるほうがいい / 沒有自信的時候，還是查一下字典較好。

例 きょうはかさを持っていったほうがいいですよ / 今天帶傘去比較好喔！

～ほど～ない / 沒有比…更…；不像…那樣…

句型 體言、用言連體形＋ほど＋形容詞、形容動詞連用形＋ない

說明 用於兩者之間的比較。

例 今年の冬は去年ほど寒くない / 今年冬天不像去年那麼冷。

例 事実は想像したほど簡単ではなかった / 事實並不如想像的那樣簡單。

例 わたしは李さんほど弱くない / 我不像小李那麼軟弱。

（～から）～まで；～までに / （從）…到…；在…之前

句型 （～から）時間、地點＋まで（或までに）

說明 接續在與時間、地點有關的詞語後，表示終點或到達點。常與「から」搭配使用，表示期間或區間。

例 このビザは来年の4月9日まで有効です / 此簽證的有效期限為明年的4月9日。

例 わたしが帰ってくるまで、ここで待っていてください / 請在這裡等我回來。

例 彼女は朝から晩まで働いています / 她從早到晚地工作著。

～まま / 原封不動…；照舊…

句型 「體言＋の」、動詞過去式、形容詞連體形＋まま

說明 用於表示原封不動的狀態。

例 靴のまま入ってください / 請穿著鞋進來吧。

例 すっかりくたびれたので電気をつけたまま寝てしまった / 因為非常累，所以開著燈就睡著了。

例 このコートは一度も着ていません。新しいままです / 這件外套一次也沒穿過，還新新的。

～も～ / 連…也不…；連…也沒有…

句型 體言＋も＋否定

說明 表示否定，是一種語氣較強的否定表達方式。

例 あそこへは一度も行ったことがない / 我一次也沒去過那裡。

例 このクラスには男の学生は一人もいません / 這個班上一個男生也沒有。

例 先生に会って挨拶もしない / 見到老師連招呼也不打。

～やすい / 容易……；易於……

句型 動詞連用形＋やすい

說明 接續在無意志動詞後，表示某種事物具有「容易にそうなる」「そうなりがちだ」的性質。接續在意志動詞後，表示「するのがやさしい」「するのが平易だ」的意思。

例 真夏だから、こんな魚は腐りやすい / 現在正值盛夏，這種魚容易壞。

例 書きやすい万年筆だから、毎日これを使っている / 這支鋼筆很好寫，我每天都用它。

例 ついに夏が過ぎ去って、しのぎやすい季節になりました / 夏天終於過去了，到了容易度過的季節了。

～（よ）うと思う；～（よ）うと考える／想要…

句型 動詞推量形＋（よ）うと思う（或（よ）うと考える）

説明 表示說話者的意志,「（よ）うと思う」或「（よ）うと考える」表示第一人稱的意志,疑問句可以用於第二人稱。「（よ）うと思っている」或「（よ）うと考えている」不受人稱限制,可以表示任何人稱的意志並有一直持續到說話時的含義。該句的否定形式是「（よ）うと思いません」。

例 あなたは将来小説家になろうと思いますか／你將來想當小說家嗎?

例 私は冬休みに国へ帰ろうと考えています／我寒假想回國。

例 彼は一度は大学進学をあきらめようと思ったそうです／聽說他一度想放棄考大學。

例 私はブログを引っ越そうと考えています／我想將部落格搬家。

～ようにする / 做到…；要…

句型 動詞、一部分助動詞連體形＋ようにする

說明 表示說話者有意識地努力做到某件事情。

例 健康のために体を鍛える<u>ようにします</u> / 為了健康要盡量鍛鍊身體。

例 健康のためにタバコを吸わない<u>ようにします</u> / 為了健康盡量不吸煙。

例 遅れない<u>ようにして</u>ください / 請不要遲到。

例 電車の中では、大きい声で話さない<u>ようにし</u> <u>ましょう</u> / 在電車裡不要大聲講話。

例 地震が起こったら、すぐストーブを消す<u>よう</u> <u>にして</u>います / 地震發生時要立刻關閉爐子。

～ように見える / 看上去像是……

句型 「體言＋の」、動詞或助動詞連體形＋
ように見える

說明 「ように」是比況助動詞「ようだ」的
連用形。句型「ように見える」表示某人、
某事物看上去像另一種人或另一種事物，但
實際上並非如此。

例 飛行機から見ると建物がマッチ箱のように小さ
く見える / 從飛機上看，建築物小得像火柴盒。

例 この絵は遠くから見ると、カラー写真のように
見える / 這幅畫從遠處看像一張彩色照片。

例 この造花は本物のように見える / 這個假花看
上去和真的一樣。

例 まるで宝石のようにみえる / 看起來簡直像寶
石一般。

例 このいぬはねこのようにみえる / 這隻狗看起
來像貓。

3
級

79

～ほうが～より；～より～ほうが / 與…相比；與其…不如

[句型] 用言連體形、「體言＋の」＋ほうが～より；名詞、動詞連體形＋より～ほうが～

[說明] 這個句型僅用於兩種事物、東西的比較。三種或三種以上的事物相比時，要用「～と～と～はどちら（どれ等疑問詞）が～」的句型。如：「王さんと李さんと白さんはどちらが背が高いですか」（小王、小李和小白，誰的個子比較高？）

[例] 観光バスのほうが汽車より早い / 観光巴士要比火車快。

[例] 家でぶらぶらしているよりは、安くでも何かアルバイトをしているほうがましだ / 與其在家閒晃，還不如打工好，哪怕沒多少錢也好。

[例] 汽車で行くほうが飛行機で行くより便利だ / 坐火車去比坐飛機去還方便。

[例] 「受ける」より「与える」ほうが幸いである / 施比受更有福。

～らしい／像……樣子；有……風度

句型 名詞＋らしい

說明 表示人或事物完全具備本身應有的特性、性質等，屬於肯定的評價。「らしい」是接尾詞，接在名詞後構成複合形容詞。

例 僕は男らしい男になりたい／我要做一名真正的男子漢。

例 あの人は学者らしい学者だ／他是個有學者風範的人。

例 あまりにもひねていて、子供らしくない／太老成了，沒有一個孩子樣。

～れる（或られる）／不由得……

句型 五段活用動詞、サ行變格活用動詞未然形＋れる；一段活用動詞、カ行變格活用動詞未然形、助動詞「せる」「させる」的未然形＋られる

說明 表示自發的行為。

例 この写真を見ると、子供のころのことが思い出されます／每當看到這張照片，不由得想起小時候的事情。

例 子供の将来が案じられてならない／孩子的前途令人擔心。

例 戦地にいる息子のことが案じられてならない／非常擔心戰場上的兒子。

2級

必背句型

～あげく（挙句）／ …的結果；最後…；到頭來…

句型 「體言＋の」、動詞過去式＋あげく

說明 表示不理想、不好的結果。

例 長い苦労の挙句、とうとう死んでしまった／長期辛勞的結果，終於去世了。

例 口げんかのあげく、つかみ合いになった／爭吵了一陣子之後，最後扭打起來了。

例 いろいろ考えた挙句、ここを離れることにしました／再三考慮之後，決定離開此地。

あまりにも～／過於…；太…

句型 あまりにも＋形容詞等

說明 表示程度很高，一般用於修飾形容詞等狀態性詞語，與「あまり」不同，既可用在子句中，也可以用在主句中。

例 ゆったりしたシャツは好きだが、これはあまりにも大きすぎる／我喜歡寬鬆的襯衫，但這件也太大了。

例 これはあまりにも常識を超えたとっぴな考えであった／這是一個超越常識的離奇的想法。

例 けれども、そういうあまりにも当然なことが、なかなか行われない／可是，即使是這麼理所當然的事，也很不容易做到。

〜一方（で）／一方面…一方面…；…的同時…

句型 用言連體形＋一方（で）

說明 用於表示事物的對比。

例 勉強する一方で、遊ぶことも忘れない、そんな学生が増えている／學習的同時也不忘記娛樂的學生不斷增加。

例 彼は口ではうまいことを言っている一方、陰では人をおとしいれている／他一方面口頭上講得漂亮，另一方面卻背地裡陷害別人。

例 兄がお父さんに似ている一方で、弟のほうはお母さんに似ている／哥哥長得像父親，而弟弟長得像母親。

〜一方だ／越來越……；一味地……；一直地……

句型 用言連體形＋一方だ

說明 表示某種事物或某種狀態、傾向、情況朝著某一方向發展下去。

例 農工業の発展につれて、人民の暮らしはよくなる一方だ／隨著農工業的發展，人民生活越來越好。

例 石油に対する需要はいよいよ増加する一方だ／對石油的需求越來越大。

例 父の病状は悪化する一方だった／父親的病情不斷惡化。

～うえ（に）／ …而且…；還…；不僅…而且…

句型 「體言＋の」、用言連體形＋うえに

説明 用於表示事物累加、遞增的情形。

例 彼は歌手であるうえに俳優でもある／他既是歌手又是演員。

例 そこの店は物が悪いうえに値段が高い／那家店東西不好，而且價錢昂貴。

例 父は目が悪いうえに耳も遠い／父親眼睛不好，耳朵又背。

～うえで／在…之後

句型 動詞過去式、「名詞＋の」＋うえで

説明 這個句型表示行為、動作的前提條件，意思是「在…基礎上」去做什麼事情。一般接續在動詞過去式後，有時也可以接續在動詞性的名詞之後。

例 詳しいことはお目にかかった上で、またご相談いたしましょう／詳細情況待見面之後再商量吧。

例 申込書の書き方をよく読んだうえで、記入してください／請詳細閱讀申請書的書寫格式之後再填寫。

例 書類選考のうえで、合否を発表します／資料審查之後，公佈評定的結果。

～うえは / 既然…

句型 動詞原形、動詞過去式＋うえは

說明 「うえ」接在動詞原形或過去式後，表示說話者將在下文陳述自己的意見或理由，後項一般為說話者的判斷、決心或對他人勸告、命令等內容。意思與「～以上は」「～からには」類似。

例 実行するうえは、十分な準備が必要だ / 既然要實際去做，就得做好充分準備。

例 彼が行きたくないうえは、わたしも彼をしいるわけにはいかない / 既然他不願意去，我也不好強迫他。

例 医者が大丈夫と言ったうえは、この手術は成功するだろう / 既然醫生說了沒問題，這個手術就一定能成功。

～上（で）/ …之後；…然後…

句型 「體言＋の」、動詞過去式＋上（で）

說明 表示在前項基礎上完成後項的行為。

例 両親と相談の上で決めます / 和父母商量後再決定。

例 その件につきましては、調査の上、お答えします / 關於那件事，調查之後給予答覆。

例 みんなで検討した上で、ご報告します / 大家研究之後再報告。

〜うちに / 在…期間；在…的時候

句型 用言連體形＋うちに

說明 用於表示事物在發展的進程中。

例 本を読んでいるうちにいつの間にか眠って
しまった / 在讀書的時候，不知不覺地睡著
了。

例 二人で話しているうちに、李さんのうちにつ
きました / 我們兩個人聊著聊著就到小李家
了。

例 話を聞いているうちに、だんだん泣きたくな
ってきました / 聽著聽著就想哭。

〜うちに / 趁著…的時候

句型 「名詞＋の」、用言連體形＋うちに

說明 用於表示在某個時期做某事時。

例 休みのうちに、大掃除をすませましょう / 趁
著放假的時候，做完大掃除。

例 暗くならないうちに、家に帰りましょう / 趁
天還沒黑，回家去吧。

例 早いうちに誤りを改めてください / 請趁早改
正錯誤。

例 忘れないうちに、ノートに書いておきましょ
う / 趁著還沒忘記時，寫在筆記本上吧。

～う（得）る／能…

句型 意志動詞連用形＋うる

説明 「うる」是結尾詞，表示能夠做該事項，與「～ことができる」意思相同，其否定形式是「意志動詞連用形＋うない」。

例 実行し得る計画だと、みんなから支持された／認為這是可行的計畫而得到了大家的支持。

例 それくらいのことなら、誰でも考えうることだ／這麼簡單的事誰都會想到。

例 それはわれわれの考えうる最上の方法だった／這是我們能想到的最好的方法。

例 人間が耐えうる電圧は何ボルトですか／人類所能承受的電壓是幾伏特？

例 考えうることはすべてやったのだから、あとは結果を待つだけだ／能想到的全都做了，只有等待結果了。

～恐れがある / 有…的危險；恐怕要…；有可能…

句型 動詞連用形＋恐れがある

說明 表示也許會發生不良後果。「恐れ」表示發生不良後果的可能性。

例 この本は大学生に悪い影響を与える恐れがある / 這本書有可能給大學生帶來不良影響。

例 天気予報によると、台風が上陸する恐れがある / 根據天氣預報颱風有可能登陸。

例 今日は大雨が降る恐れがある / 今天有可能下大雨。

～（のは）～からだ / 之所以……是因為……

句型 ～（のは）常體句子＋からだ

說明 表示原因、理由，對產生的某種結果進行說明，先說出結果後敘述原因。

例 会社に遅れたのは電車の事故があったからです / 上班遲到是因為電車發生了事故。

例 今日早く帰るのは友達が家に来るからです / 今天想早點回去，是因為朋友要到家裡來。

例 行くのを止めたのは天気が悪かったからです / 不去是因為天氣不好。

～か～ない（かの）うちに／剛一…就…；剛剛…就…

句型 動詞終止形＋か＋同一動詞未然形＋ないかのうちに

説明 表示前一個動作發生後，立即發生後一個動作。因為表示現實事件，不能接續表示命令、意志、否定意義的動作。

例 家に着くか着かないうちに、雨が降り出した／剛一到家就下起雨來了。

例 私たちは夜が明けるか明けないかのうちに出發した／我們在天剛亮時就出發了。

例 彼はバスが止まるか止まらないうちに飛び降りた／公車剛停，他就跳下車了。

～かぎり（の）～／…極點；非常…；無比…

句型 「名詞＋の」、用言連體形＋かぎり～

説明 「かぎり」接在名詞後面時，可以直接接續，也可以中間加「の」。這個句型表示事物、狀態等達到極限程度。

例 力限り戰ったが、ついに負けてしまった／雖然盡力拼戰了，但最終還是失敗了。

例 難民たちは持てる限りの荷物を持って逃げて行った／難民們把能拿的東西都拿著逃走了。

例 夕方に浮かぶ富士山のシルエットは美しい限りだ／浮現在夕陽中的富士山，姿態無比壯觀。

～限りだ／……極了；……之極

句型 動詞、形容詞連體形＋限りだ

說明 表示喜怒哀樂等感情的極限、極點。

例 彼女と10年ぶりに再会して、嬉しい限りだった／時隔10年與她再次相見，真是高興極了。

例 別荘を持っているなんて、羨ましい限りだ／你竟然擁有別墅，真是太令人羨慕了。

例 あんな夜道を一人で歩かされて、心細い限りだった／讓我一個人走那麼遠的夜路，真是害怕極了。

～かぎりでは／據…

句型 「名詞＋の」、動詞連體形＋かぎりでは

說明 「かぎり」接在與「聽」「看見」「調查」等意思有關的名詞或動詞後，表示「在…範圍內」的意思，句子多以表示樣態的「ようだ」、表示傳聞的「ということだ」及斷定語氣結尾。

例 ちょっと話した限りでは、彼はいつもとまったく変わらないように思えた／和他談了一會兒，他看上去一點也沒變。

例 私の知っている限りでは、そんなことはありません／據我所知，沒有那種事情。

例 私が聞いている限りでは全員時間どおりに到着するということだ／我聽到的是（據我所知），全體人員都按時到達了。

～限りでは / 在…範圍內；根據…

句型 用言連體形＋限りでは

說明 用於表示限定的範圍。

例 私の知っている限りでは、彼はあなたの言う
ような人間ではない／據我所知，他並非像你
所講的那種人。

例 私の覚えている限りでは、この文型を習ったこと
はない／根據我的記憶，這個句型沒有學過。

例 私の見た限りでは、このテレビが一番性能がいい
／據我所看到的，這臺電視是性能最好的。

～かける / 剛要……；幾乎要……；即將……

句型 動詞連用形＋かける

說明 接續在繼續動詞後，表示動作的開
始。也可以接續在瞬間動詞後，表示「即
將……」。

例 友達に大事な相談の手紙を書きかけた時、玄
関のベルが鳴った／剛要給朋友寫協商要事的
信時，門鈴就響了。

例 その猫は飢えでほとんど死にかけていたが、世
話をしたら、奇跡的に命を取り戻した／那隻貓
幾乎快要餓死，照顧之後又奇蹟似地活了。

例 忙しい日々の中で忘れかけていた星空の美しさ
をこの島は思い出させてくれた／這個島又讓
我想起因為整天忙碌而幾乎忘卻的美麗星空。

～がたい / 難……；難以……

句型 動詞連用形＋がたい

說明 表示「するのが難しい」的意思，即主觀感情上難以做到。為書面用語，文語表現形式多用於比較鄭重的場合，或用在演講、文章當中。

例 弱い者をいじめるとは許しがたい行為だ / 欺負弱者是不能允許的行為。

例 4年間の大学生活も忘れがたい思い出となった / 四年的大學生活也成了難以忘懷的回憶。

例 彼の発言はみんなに忘れがたい印象を与えた / 他的發言給人們留下了難以忘懷的印象。

～がち（だ或の） / 往往……；常常……

句型 名詞、動詞連用形＋がち（だ或の）

說明 表示某種情況或動作出現的頻率較高或傾向較強。「がち」是接尾詞，一般用於不好的方面，常以「とかく～がちだ」「ややもすると～がちだ」的形式使用。

例 この子は赤ん坊の時から病気がちだった / 這個孩子自幼就多病。

例 学生は試験がないと、とかく怠けがちになるものだ / 學生沒有考試就常常偷懶。

例 入学した時から授業に遅れがちの学生だった / 從入學時就是個常常遲到的學生。

～かと思うと / 剛…就…；馬上就…；立刻就…

句型 動詞連體形、動詞過去式＋かと思うと

説明 表示前一動作剛結束就出現後一種情形。

例 雨が降り出したかと思うと、すぐ止んだ / 雨才剛下，馬上就停了。

例 子供は学校から帰ってきたかと思うと、すぐ遊びに行ってしまった / 孩子剛從學校回來，馬上就跑出去玩了。

例 立ち上がったかと思うと、また座り込んだ / 剛站起來又坐下了。

～かと思ったら / 剛一…就；以為…卻…

句型 動詞連體形、動詞過去式＋かと思ったら

説明 表示兩個動作幾乎同時發生。與「～かと思うと」用法、意義相同。

例 ふとんに入ったかと思ったら、すぐに眠ってしまった / 剛進被窩裡，馬上就睡著了。

例 今、現れたかと思ったら、もう姿を消してしまった / 剛一出現，身影就消失了。

例 何をやっているかと思ったら、チャットをしていた / 以為在做什麼，原來是在上網聊天。

～かねない / 可能…；容易…；很可能…

句型 動詞連用形＋かねない

說明 表示不好的事情很有可能發生。

例 公害はこれからの社会問題になりかねない /
公害很有可能成為今後的社會問題。

例 あんなスピードを出しては事故も起こしかねない / 開得那麼快，很可能會出事。

例 早く行かないと、特急に遅れかねないよ / 不趕快去，很有可能趕不上特快車。

～かねる / 難以…；不便…；不能…；不好意思…

句型 動詞連用形＋かねる

說明 表示說話者對該動作的實現難以容忍，或者認為有困難而加以拒絕。

例 こんな重大なことは私一人で決めかねます /
這麼重大的事情我一個人難以決定。

例 彼の容態には医者も診断を下しかねます / 對於他的病情，醫生也很難下診斷。

例 申しかねますが、10万円を貸していただけないでしょうか / 真不好意思，能不能借給我10萬日圓？

～かのように / 好像……似的；似乎……

句型 動詞、助動詞終止形＋かのように

說明 「か」是副助詞，表示不確定；「よう」是比況助動詞，表示舉一例說明事物與此相似，或完全相似。前面的「か」語氣委婉，表示不十分肯定。

例 彼は水を飲むかのようにがぶがぶ酒を飲んでいる / 他好像喝水似地大口大口地喝酒。

例 彼はまるで実際に見てきたかのように英国について語った / 他好像實際看到了似地在談論著英國。

例 私を段ったかのように、父は手を挙げました / 父親舉起手，好像要打我似的。

～から～にかけて / 從…到…

句型 體言＋から＋體言＋にかけて

說明 用於表示某種程度或範圍時。

例 今朝東北地方から関東地方にかけて弱い地震があった / 今天早晨從東北地方到關東地方發生了微弱的地震。

例 朝7時半から8時半にかけて電車が一番込みます / 從早晨7點半到8點半之間電車最擁擠。

例 夜中から朝にかけて大雨が降るそうだ / 據說從半夜到早晨下了大雨。

～からして / 從…來看；根據…

句型 體言＋からして

說明 用於表示觀察事物的角度。不能接在人稱代名詞之後。

例 彼女は、話しぶりからして大変親しみやすいような人です / 從談吐來看，就覺得她是個很容易親近的人。

例 あの人は顔からして強そうだ / 從他的外表來看好像很堅強。

例 この子は声からしてかわいい / 這個孩子從說話聲音來看很可愛。

～からして / 單從…就…；首先就…

句型 體言＋からして

說明 舉出一個具有代表性的例子，就能夠得出某種判斷，或引起某種感想，從而暗示其他。

例 私はあの人が大嫌いだ、下品な話し方からして気に入らない / 我非常討厭那個人，首先就不喜歡那種下流的說話方式。

例 高級な料理は、使う材料からして違う / 高級的飯菜，單從使用的材料來說就和普通飯菜不同。

例 この子供は顔つきからして利口そうだ / 這個孩子從外表看起來就覺得很聰明。

～からすると；～からすれば；～からしたら / 從…來看；根據…

句型 體言＋からすると；體言＋からすれ
ば；體言＋からしたら

說明 用於表示判斷的根據時。不能接在人稱
代名詞後面。

例 私の考えからするとそういうやり方はあまりよく
ない / 從我的想法來看，那種做法不太合適。

例 話し方からすれば、彼は東京の人ではなさそ
うだ / 從言談來看，他好像不是東京人。

例 あの人は服装からすれば、金がありそうだ /
從他的服裝來判斷，好像很有錢。

～にしてみたら；～にしてみれば /
從…來說；對於…來說；作為…來說

句型 體言＋にしてみたら；體言＋にしてみれば

說明 用於表示若站在某人的立場，觀點就會
有所不同時。

例 学生にしてみれば、在学中は、たくさん勉強
したいだろう / 從學生的立場來說，在校期間
總想多學一點吧。

例 私にしてみればそうするしかなかったんだ /
就我而言，只好這麼做了。

例 私は軽い気持ちで話していたのだが、あの人にし
てみれば大きな問題だったのだろう / 我是說起
來很輕鬆，但對他來說，也許問題比較嚴重。

～から見ると；～から見れば；～から見て；～から見たら / 從…來看；比起…；若從…來說

句型 體言＋から見ると；體言＋から見れば；體言＋から見て；體言＋から見たら

説明 表示以某一條件作為判斷標準的話，可以得出這樣或那樣的結論、看法、意見。

例 話し方から見ると、彼は東京の人ではなさそうだ / 從他說話的方式來看，好像不是東京人。

例 大人から見れば、嫌な子供だったと思います / 從大人的眼光來看，會覺得是個討人厭的小孩。

例 私から見て、あなたはいつも忙しく過ごしているようです / 以我來看，你總是過得很忙碌。

例 外国人から見たら、それはおかしな習慣かもしれない / 從外國人來看，這也許是很奇怪的習慣。

～から言うと；～から言えば；～から言ったら；～から言って / 従…来説，従…来看

句型 體言＋から言うと；體言＋から言えば；體言＋から言ったら（或から言って）

説明 従某種角度或従某一立場出發進行判斷。不能接在人稱代名詞後。

例 能力から言うと、田中さんのほうが山下さんより優れている / 就工作能力而言，田中比山下更出色。

例 金星は大きさだけから言うと、地球によく似た星である / 僅従大小來説，金星是和地球很相似的星球。

例 実用の点から言えば、コンクリート造りの建物のほうがずっと丈夫です / 従實用上來説，混凝土建築物要堅固得多。

例 会員数から言ったら、これは日本最大の団体です / 従會員數來看，這是日本最大的團體。

~気味（だ或な）／…傾向

句型 動詞連體形、名詞＋気味（だ或な）

説明 表示具有某種感覺，具有某種傾向，多用於不好的方面。

例 ちょっと風邪気味なので、今朝はおかゆにしました／因為好像有點感冒，所以今天早上吃稀飯。

例 このところ、少し疲れぎみで、仕事がすすまない／最近有些疲勞，工作沒有進展。

例 彼女は少し緊張気味だった／她有些緊張。

例 最近、忙しい仕事が続いたので、少し疲れ気味です／最近工作一個接一個，感覺有些疲勞。

~きり；~きりだ／就只有…而已

句型 動詞た形＋きり；動詞た形＋きりだ

説明 表示行為、動作意外終結的狀態。其強調形式為「~っきり」，常用於口語。

例 張先生とは去年一度お会いしたきりです／和張老師就只有在去年見過一次面而已。

例 友達から本を借りたきりで、まだ読んでいません／就只有向朋友借書，還沒有看。

例 朝、水をいっぱい飲んだきり何も食べていない／就只有早晨喝了一杯水而已，之後什麼也沒吃。

～きり；～っきり / 只…；光…；就…

句型 體言、用言連體形＋きり；體言、用言連體形＋っきり

說明 用於表示限定範圍或數量時。「っきり」用於口語。

例 もうこれっきりです / 只剩這一點兒了。

例 私たち二人きりで話す / 就我們倆談。

例 今度の試験に合格したのは4人きりだ / 這次考試及格的只有四個人。

例 夫婦ふたりっきりって楽しいですよ / 只有夫妻倆人是很快樂的。

～きる；～きれる / 完全……

句型 動詞連用形＋きる（或きれる）

說明 接續在意志動詞之後，表示某動作的完全實現。

例 有金をすっかり使いきってしまった / 手上的錢花得一乾二淨。

例 坂を登りきると、そこはクワ畑だった / 爬到山坡上，那裡是一整片桑田。

例 今まで私は彼を信じきっていた / 截至目前為止我完全相信他。

～きる / 很……

句型 動詞連用形＋きる

説明 接在動詞連用形後構成複合動詞，表示程度達到極限。

例 家に帰ってきた父は疲れきった顔をしていました／回到家的父親顯得很疲勞的樣子。

例 彼女は絶対に自分が正しいと言いきった／她斷言自己絕對正確。

例 彼のわがままには困りきったよ／我對他的任性真是毫無辦法。

～きれない / ……不完；……不盡

句型 動詞連用形＋きれない

説明 「きれない」是接尾詞，由動詞「きる」的可能形「きれる」的未然形加上否定助動詞「ない」構成的，表示不可能完全達到某種狀態。

例 このテキストには覚えきれないくらいたくさんの言葉が入っている／這個教科書詞彙太多，記都記不起來。

例 料理はおいしかったが、量が多くて食べきれなかった／飯菜很好吃，但是量太多沒能吃完。

例 父の帰りを待ちきれずに、先にご飯を食べてしまいました／沒等父親回來就先吃飯了。

～際（に）；～際（は） / 在…之際；在…情況下

句型 「體言＋の」、用言連體形＋際（に）

說明 用於表示某動作的場面、情況、時候。

例 お帰りの際はお足元にお気をつけてください / 回去的時候，請注意腳步。

例 今度ご訪問する際に必ず持ってまいります / 下次拜訪時一定會帶去。

例 先日東京に行った際、田中先生の家を訪ねた / 前些日子去東京時，拜訪了田中老師的家。

～くらい；～ぐらい / 像…那樣；…得…

句型 體言、用言連體形＋くらい；體言、用言連體形＋ぐらい

說明 用於表示狀態的程度。用法和意思基本上與「ほど」相同。

例 もう立てないくらい疲れた / 已經累得站不起來了。

例 泣きたくなるぐらい家が恋しい / 想家想得快要哭了。

例 うれしくてしばらくはものも言えないくらいだ / 高興得幾乎連話都說不出來。

～くらい（或ぐらい）～ （は）ない / 再也沒有比…更…；沒有像…那樣…

句型 體言、用言連體形＋くらい（或ぐらい）＋用言否定形＋（は）ない

說明 表示比較高的基準、最高程度。

例 雪くらい白いものはない / 沒有比雪更白的。

例 花子ぐらい親切な人はないでしょう / 恐怕沒有像花子那麼熱心的人吧。

例 私は今パソコンぐらいほしいものはない / 我現在最想要的東西是個人電腦。

2級

～げ（だ或な）/ 好像……；有……的樣子；似乎是……

句型 形容詞、形容動詞語幹＋げ（だ或な）

說明 表示動作主體顯露出某種樣子，從而使旁人感覺到確實是那樣，只限於第三者所表現的姿態。「げ」是接尾詞，接在形容詞、形容動詞語幹後，構成一個形容動詞語幹。

例 彼は親切げな顔で私に聞いた / 他以很親切的表情問了我。

例 幼稚園で子供たちが楽しげに歌を歌っている / 在幼稚園裡孩子們正愉快地唱著歌。

例 高熱になっている花子は私と話すのも苦しげだった / 正在發高燒的花子連和我說話都顯出很痛苦的樣子。

～こそ／只有…才…

句型 體言、副詞、助詞、接續詞＋こそ

説明 用於強調某一事物有別於其他事物時。

例 今度こそ頑張ります／這次我一定要加油。

例 そうしてこそ一人前の大人だ／那樣才算是個
有擔當的大人。

例 だからこそ失敗したのです／正因為如此，才
會失敗。

例 今こそ国内企業に投資すべきだ／現在才應該
投資國內企業。

～ことか／多麼……啊

句型 動詞過去式、形容詞或形容動詞連體形
＋ことか

説明 表示感慨、感嘆的用法。

例 あの芝居を見ながら何度泣いたことか／看那
齣戲不知哭了多少回。

例 一人暮らしがどんなに寂しいことか／一個人
過日子不知有多麼寂寞。

例 そうしてはいけないと何度注意したことか／
不知提醒過你多少遍不要那樣做。

例 何度ポケットに手を突っ込んだことか／不知
道把手伸入口袋多少次。

～ことだ／最好…；應該…；要…

句型 動詞連體形＋ことだ

說明 表示前面提到的事情是必要的、重要的。「こと」前面的動詞一定是現在式，不能用其他時態。

例 なんでも自分でやってみる<u>ことだ</u>／不管什麼最好自己做做看。

例 子供には偏食をさせないで、なんでも食べるようにさせる<u>ことだ</u>／不要讓孩子偏食，應該要什麼都吃。

例 病気と戦う勇気を持つ<u>ことです</u>／要有和疾病作戰的勇氣。

～ことだ；～ことだから

句型 體言＋の＋ことだ（或ことだから）

說明 一般多加在人稱代名詞後面，用於根據談話雙方都瞭解的日常行為方式等所下判斷的場合。譯成中文時，根據中文的表達習慣，往往不譯出來。

例 健の<u>ことだ</u>、怒ってカッとなったら、何をするかわからない／把阿健激怒的話，他可是不知道會做出什麼事來的。

例 彼の<u>ことだから</u>、どうせ時間どおりには来ないだろう／總之，他是不會準時來的。

例 戦争中の<u>ことだから</u>何が起こるかわからない／在戰爭期間什麼事都有可能發生的。

～ことだろう / …吧

句型 「體言＋の」、用言、助動詞連體形＋
ことだろう

説明 表示推測，與「だろう」的意思基本上
相同，但是更鄭重，屬於書面用語。

例 長い間会っていないが、山田さんの子供さんも
さぞ大きくなったことだろう / 很長時間沒見
面了，想必山田先生的孩子已經長大了吧。

例 市内でこんなに降っているのだから、山のほ
うではきっとひどい雪になっていることだろ
う / 市内都下了這麼大的雪，山上的雪一定
下得更大吧。

例 息子さん、大学合格とのこと、さぞかしお喜
びのことでございましょう / 聽說您的兒子考
上了大學，想必您一定很高興吧。

～ことなく / 不…就… : 沒…就…

句型 動詞終止形＋ことなく

説明 表示否定前項，敘述後項。為書面用語。

例 彼は一家の生活のために、休日も休むことな
く働いた / 他為了一家人的生活，連假日也
不休息地工作。

例 王さんは友人にも相談することなく、帰国し
てしまった / 小王不跟朋友商量就回國了。

例 先生の教えを忘れることなく、心に刻んでい
る / 老師的教誨永不遺忘，銘記在心。

～ことに／……的是……

句型 動詞過去式、形容詞或形容動詞連體形
＋ことに

説明 「～ことに」的部分表示說話者對下面
持續進行的事情的評價或感想。「ことに」
接在「驚いた」「ほっとした」等表示瞬間
感情活動的動詞「た」形後。另外，也接在
「嬉しい」「憎らしい」「不思議だ」「心配
だ」等表示感情的形容詞、形容動詞之後。

例 驚いたことに、あの二人は兄弟だったのです
／吃驚的是那兩個人竟然是兄弟。

例 悲しいことにかわいがっていた犬が死んでし
まいました／悲傷的是愛犬死了。

例 心配なことに妹はまだ帰ってきません／令人
擔心的是妹妹還沒回來。

～ことに（は）／…的是…

句型 用言連體形＋ことに（は）

説明 用於表示感嘆的時候。

例 困ったことには、誰も道を知らない／糟糕的
是誰也不認得路。

例 心配なことに、子供はまだ帰ってきません／
令人擔心的是孩子還沒回來。

例 驚いたことには、彼はもう帰国していた／意
想不到的是他已經回國了。

～ことになっている / 規定……；決定……

句型 用言、助動詞連體形＋ことになっている

説明 表示已決定、預定這樣做，指決定的事情一直存續。

例 面接試験は午後行われる<u>ことになっている</u> / 預定的面試在下午進行。

例 飛行機の中では、タバコを吸ってはいけない<u>ことになっています</u> / 規定在飛機上不准吸煙。

例 休むときは学校に連絡しなければならない<u>ことになっています</u> / 規定放假時必須和學校保持聯繫。

～ことはない / 不必…；不可能…；不會…

句型 動詞原形＋ことはない

説明 當「～ことはない」接在動詞原形後，表示某一事態不會發生，或者某行為、某件事情，沒有必要去做或不做也可以的意思。常用於對他人的鼓勵或勸告等的場合。

例 今さら彼女にそんな手紙など書く<u>ことはありません</u> / 事到如今沒有必要給她寫那封信。

例 わざわざ空港まで迎えに行く<u>ことはありません</u> / 不必特意去機場迎接。

~最中 / 正在……中

句型 動詞連體形、體言＋最中

說明 表示某種動作或狀態正在進行中。

例 会議の最中に突然電灯が消えた / 正在開會時，突然電燈熄滅了。

例 その事については今検討の最中だ / 關於那件事現在正在討論。

例 授業をしている最中に非常ベルが鳴り出した / 正在上課時，警鈴聲響起了。

例 試合の最中に雨が降り出しました / 正在考試的時候就下起雨來了。

～（で）さえ / 就連…也…；甚至…也…

句型 體言＋（で）さえ

說明 用於舉出極端的事例，其他則不言而喻的情況。

例 先生でさえ漢字はときとき間違える / 就連老師也常常寫錯漢字。

例 忙しくて新聞さえ読む暇がない / 忙得連看報紙的時間也沒有。

例 そんなことは三歳の子供さえ知っている / 那種事連三歲小孩也知道。

～ざるを得ない / 不得不……；不能不……

句型 動詞未然形＋ざるを得ない

說明 「ざる」是文語助動詞「ず」的連體形。該句型表示主觀上屈服某種情況，或者由於某種原因不得不這樣做。

例 私は彼のデマを聞いて、腹を立てざるをえない / 聽到了他的誹謗，我不能不生氣。

例 万里の長城は偉大な土木建築と言わざるを得ない / 萬里長城不能不說是偉大的土木建築。

例 残念だが、これは間違っていると言わざるを得ない / 雖然遺憾，但不得不說這是錯誤的。

～しかない / 只好……；只有……；只能……

句型 動詞連體形＋しかない

說明 用於表示除此以外沒有其他更好的辦法時。

例 誰も行かないなら、私が行くしかない / 如果誰都不去的話，只好我去。

例 誰も来ないので、帰るしかなかった / 因為沒人來，只好回去了。

例 電話がない時代は手紙を書くしかなかった / 在沒有電話的時代，只能寫信。

114

句型 動詞連用形＋次第

說明 表示前項結果一出來，馬上就進行後項行為。

例 用事が済み次第帰ります / 辦完事就回去。

例 タクシーが到着次第、すぐに出発してください / 計程車一到，就請馬上出發。

例 書類が見つかり次第、電話します / 文件一找到，就打電話來。

例 荷が着き次第送金します / 貨到立即匯款。

～次第だ / 全憑…… ; 要看……如何 ; 由……而定

句型 體言＋次第だ

說明 表示與某種情況相應的結果。

例 すべては君の決心次第です / 一切都要看你的決心。

例 この問題はあなたの言い方次第です / 這個問題就全看你的說法了。

例 するかしないかはあなた次第だ / 做不做取決於你。

例 どちらを選ぶかはお客様次第です / 要選擇哪一個全憑客人決定。

2
級

115

～次第で（は）／ 根據…；在…情況下；按照…

句型 體言＋次第で

説明 表示根據不同的場合，會有不同的情況。

例 練習次第で運動会に参加できるかどうかを決めます／根據練習的情況，決定是否參加運動會。

例 成績次第では、あなたは別のクラスに入ることになります／根據成績，你被分到別的班級。

例 努力次第では落第するおそれもある／依努力的程度而定，也有可能留級。

～末（に）／ …的結果；最後…

句型 「體言＋の」、動詞過去式＋末（に）

説明 用於表示行為的結果。

例 相談の末、会期を二日間延長することに決めた／商量的結果，決定延長會期兩天。

例 いろいろと考えた末、音楽の道に進むことに決めた／左思右想，最後決定往音樂方面發展。

例 さんざん迷った末に、帰国することにしました／再三猶豫之後，決定回國。

〜ずには（或ないでは）いられない /
非……不可；不……不行

句型 動詞未然形＋ずには（或ないでは）い
られない

説明 表示無法抑制的心情，非做某件事不
可的心情，即「どうしてもそれをしたくな
る」的心情。

例 悲しくて泣かずにはいられなかった / 悲傷得
不由得哭了起來。

例 彼のかっこうがおかしくて、みんな笑わずに
はいられなかった / 他的樣子太可笑了，大家
不由得笑出來。

例 私はそれを聞くたびに、彼のことを思い出さ
ずにはいられないのである / 每當提到那件事
就不由得想起他來。

2級

〜だけ / 盡量…；全部…

句型 體言、用言連體形＋だけ

説明 用於表示某一範圍內的全部。

例 どうぞ好きなだけおとりください / 你可以挑
喜歡的隨便拿。

例 そう遠慮せずに、食べられるだけ食べなさい
/ 別那麼客氣，儘可能多吃點吧。

例 ほしいだけ持っていきなさい / 你想要多少就
拿多少。

117

～だけ（のことは）ある／不愧為……；值得……；沒有白費……

句型 用言、助動詞連體形、體言＋だけ（のことは）ある

說明 表示某種行為（努力）沒有徒勞無功，而收到相應的效果或換來與努力的程度相等的價值，努力和收益相符。

例 これはよい本だ。みんなが褒めるだけのことはある／這是一本好書，值得大家稱讚。

例 富士山は日本の代表的な山だけのことはありますね／富士山不愧是日本具有代表性的山。

例 彼は世界チャンピンだけのことはある／他不愧是世界冠軍。

～ばかりでなく；～だけでなく／不但…而且…；不僅…還…

句型 體言、用言連體形＋ばかりでなく（或だけでなく）

說明 副助詞「ばかり」「だけ」表示限定範圍或程度。這個句型表示不只限於某一事物，還可涉及更大的範圍。

例 父は酒を飲まないばかりでなく、タバコもすわない／爸爸不但不喝酒，而且也不吸煙。

例 彼は成績がいいだけでなく、スポーツも得意だ／他不僅成績好，還擅長運動。

～だけの／足夠的…；所有的…

句型 用言連體形＋だけの＋體言

說明 用於表示某一範圍內的全部。

例 わかっているだけのことはもう全部話しました／我知道的已經全都説了。

例 考えられるだけのことはすべてやってみた／能想到的我都試過了。

例 仕事に疲れて、買い物に行くだけの元気もない／因為疲於工作，連去買東西的力氣都沒有。

たとえ（例え）～／即使…

句型 たとえ＋～ても（或～でも）；たとえ＋～う（よう）とも

說明 該詞由副詞「たとい」音變而來，與「～ても」「～でも」或者「～う（よう）とも」相呼應，表示讓步語氣的假設條件。

例 たとえ冗談でもそんなことを言うものではない／即使是開玩笑，也不能説那種話。

例 例え夜どんなに遅く寝ようとも、学校に遅れるようなことはしません／即使晚上睡得再晚，上學也決不遲到。

例 たとえ上司の命令であろうとも、良心にもとることはしない／即使是上司的命令，我也決不做昧著良心的事。

119

～たび（度）に / 每當…的時候；每逢…；每次…都…

句型 「體言＋の」、動詞連體形＋たびに

說明 表示某種情況發生時，都產生同樣的結果。

例 旅行のたびに、お土産を買います / 每次去旅行都會買禮物。

例 咳をするたびに、胸が痛みます / 每當咳嗽的時候，胸就疼。

例 故郷に帰るたびに、先生と会っています / 每次回故鄉，都去拜訪老師。

～だらけ（だ或の） / 淨是……；滿是……；全是……

句型 名詞＋だらけ（だ或の）

說明 表示有許多肉眼能看到的不好東西。

例 彼は借金だらけで困っているそうだ / 據說他負債累累很是愁苦。

例 子供は泥だらけの足で部屋に上がってきた / 孩子滿腳都是泥，就進屋了。

例 「傷だらけの青春」という映画を見た / 我看了《傷痕累累的青春》這部電影。

～ついでに / 順便…；就便…

句型 「體言＋の」、用言連體形＋ついでに

說明 表示趁著做某件事的機會，順便做另一件事。

例 買い物のついでに、母の働いている店に寄ってきた / 趁著買東西，順便去了媽媽工作的店鋪。

例 散歩のついでに、スーパーで買い物をしてきた / 趁著散步，順便去超市買東西。

例 郵便局へ行ったついでに本屋に寄った / 去郵局，順便去了書店。

～っこない / 不會……；根本不……

句型 動詞連用形＋っこない

說明 表示強烈否定，相當於「～ことはない」，多用於口語，表加強語氣。

例 どんなに言ったって分かりっこない / 怎麼說也不會明白。

例 もう12時になったから、来っこない / 已經12點了，不會來了。

例 そんな勉強で、大学に受かりっこないよ / 那種用功法不可能考上大學。

～つつ / 一邊…一邊…；邊…邊…

句型 動詞連用形＋つつ

說明 用於表示兩個動作同時進行時。

例 彼は歩きつつ新聞を読んでいる / 他一邊走，
一邊看報紙。

例 音楽を聴きつつ、物を考えるのは楽しいこと
だ / 一邊欣賞音樂，一邊思考問題，是很愉
快的事。

例 彼は働きつつ、大学を卒業した / 他一邊工
作，一邊讀完了大學。

～つつ（も）/ 雖然…可是…；明明…卻…

句型 動詞連用形＋つつ（も）

說明 表示在某種狀態下，做出與這種狀態不
相應的行為。

例 悪いと知りつつも、またうそをついてしまっ
た / 明明知道不對，可是又撒了謊。

例 彼はいつもお金がないといいつつも、よく海
外旅行に出かける / 他總說沒錢，卻常常到國
外旅行。

例 笑っては失礼だと思いつつも、笑わずにいら
れなかった / 雖然覺得笑有點不禮貌，但還
是情不自禁地笑了。

2級

122

～つつある／正在……

句型 動詞、助動詞連用形＋つつある

説明 「つつ」是助詞，「つつある」表示某動作正在進行，一般用於書面語。

例 住民の集体意識は向上しつつある／居民的集體意識正在提升。

例 今、列車は東京駅に向かって進みつつあります／現在列車正朝著東京站駛去。

例 この海底では長大なトンネルを掘りつつある／在這個海底正在挖掘一條又長又寬的隧道。

～って／聽說……；據說……；說是……

句型 常體句子＋って

説明 表示轉述別人的話，用於簡潔的口語中，男女都可以使用。

例 コピー食品はたくさんの食品添加物が使われているって／聽說仿冒食品使用了很多食品添加劑。

例 あの小説はとてもおもしろいって／聽說那本小說很有意思。

例 電話して聞いてみたけど、予約のキャンセルはできないって／打電話詢問過了，說是不能取消預約。

～っぽい / 有……傾向；富有……成分

句型 動詞連用形、形容詞或形容動詞語幹、體言＋っぽい

說明 表示某種傾向、狀態、要素非常明顯，構成複合形容詞。也表示說話者的主觀感覺，一般用於否定評價。

例 年を取るとだんだん忘れっぽくなる / 年紀大了，越來越健忘。

例 この牛乳水っぽくてまずいよ / 這種牛奶水水的，不好喝。

例 あの男は白っぽい服を着ていた / 那個男人穿著一件純白的衣服。

～て以来 / 從…以來；自…以來…

句型 動詞連用形＋て以来

說明 表示在前項動作、行為之後，一直處於某種狀態。後面不可接續表示只有一次性的句子。

例 台北に来て以来、この家に住んでいる / 自從到臺北以來，一直住在這間房子裡。

例 大学を卒業して以来、母校に行ったことがありません / 自大學畢業以來，沒回過母校。

例 私は入社して以来、無遅刻、無欠勤です / 我進公司以來，無遲到、無缺勤。

～て仕方がない／……得不得了；非常……

句型 用言連用形＋て仕方がない

說明 表示無法抑制，自然而然地產生某種感情的狀態。

例 試験に合格したので、嬉しくて仕方がない／考試及格了，非常高興。

例 私が転職したのは前の会社で働くのがいやで仕方がなかったからだ／我換工作是因為不願意在以前的公司工作。

例 彼がどうしてあんなことを言ったのか、気になって仕方がないのです／他為什麼那麼說呢？我實在很擔心。

～てしょうがない／……得不得了；非常……

句型 用言連用形＋てしょうがない

說明 表示說話者的心情或表示無法克制某種狀態。

例 一人で寂しくてしょうがない／一個人非常寂寞。

例 歯が痛くてしょうがない／牙疼得不得了。

例 母の病気が心配でしょうがない／非常擔心媽媽的病。

～てたまらない / ……得不得了；非常……

句型 用言連用形＋てたまらない

說明 用於表示某種心情、身體狀況本身程度非常強烈。

例 どうしたんだろう。今日は朝から喉が渇いてたまらない / 不知怎麼搞的，從今天早上開始喉嚨就渴得不得了。

例 あの人の顔を見るのもいやでたまらない / 看到他就覺得討厭。

例 お腹がすいてたまらない / 肚子餓得不得了。

～てならない / ……得不得了；……得受不了；非常……

句型 動詞、形容詞連用形、形容動詞語幹＋てならない

說明 表示因為無法抑制或不能抵抗的行為而成為「……」所表示的狀態。和「てたまらない」意思相同，表示內心或體內的某種狀態非常強烈難以抑制。

例 コンクールで落選したのが残念でならない / 在比賽中落選非常遺憾。

例 祖父が亡くなったので、悲しくてならない / 因祖父去世非常悲傷。

例 故郷にいる母が思われてならない / 非常想念家鄉的母親。

～ということだ / 據說……

句型 常體句子＋ということだ

説明 「という」之後接續體言「こと」，表示傳聞。為直接引用某特定人物的話或感想。用於文章時也用「とのことだ」。

例 学校のすぐ近くに新しいデパートができたということです / 據說學校附近新開了一家百貨公司。

例 昨日台風のために九州ではたいへんな被害があったということです / 據說昨天的颱風使九州地區受到很大損失。

例 近々内閣改造が行われるということだ / 據說最近正在改組內閣。

～というと / 提到…就… ; 說到…就一定…

句型 體言＋というと

説明 表示話題的提出，意指提到某事或某物就馬上聯想到別的事情。

例 遠足というと、あの時のことを思い出す / 說起郊遊，就回想起那時的情景。

例 通勤というとラッシュアワーの混雑を想像するでしょう / 說到通勤，大概就會聯想到上下班交通尖峰期的擁擠。

例 先生というと、小学校時代の受け持ちの先生を思い出す / 一提到老師，就想起小學時代的級任老師。

127

～というと / 你所説的…；所謂的…；這麼説…

句型 體言＋というと

說明 用於確認對方的話題時。

例 上田さん<u>というと</u>、あの背の高い人のことですか / 你所説的上田，就是那個高個子的人嗎？

例 神田<u>というと</u>、あの古本屋がたくさんある町ですか / 你説的神田，就是那條有很多舊書店的街嗎？

例 NGO<u>というと</u>、民間の援助団体のことですか / 所謂NGO，就是指非政府組織嗎？

～というもの / 足足有…；整整…

句型 表示時間和期限的名詞＋というもの

說明 用於強調時間的長久。

例 24時間<u>というもの</u>、何も食べていない / 長達二十四小時什麼也沒吃。

例 一ヶ月<u>というもの</u>子供から連絡がない / 整整一個月沒有與孩子聯絡。

例 彼にメールを出してから十日<u>というもの</u>、返事がない / 給他發電子郵件已經十天了，還沒有回音。

～というものは～ / …這個東西；所謂…

句型 名詞＋というものは（或を）～

說明 「というもの」接在表示抽象概念的名詞後，表示加強語氣，或表示對此一概念要加以說明、解釋。

例 幸福というものは、あまり続きすぎると感じられなくなる / 幸福這個東西，持續久了就會感覺不到。

例 金というものは、なくても困るし、ありすぎても困る / 金錢這個東西，沒有不行，太多了也麻煩。

例 私は一度も愛情などというものを感じたことがない / 我從沒感受過所謂愛情之類的東西。

～といえば / 提起…；談到…

句型 體言＋といえば

說明 用於以前面提到的事情為話題加以議論。

例 勉強といえば、近頃彼はあまり勉強したくないようです / 說到用功，他最近好像不怎麼用功。

例 魯迅先生といえば、中国人は誰でも知っている / 提起魯迅老師，中國人任誰都知道。

例 株といえば、最近上がっているね / 說到股票，最近正在上漲呢。

～と（は）言っても／雖說是…但是…

句型 體言、用言終止形＋と（は）言っても

說明 用於雖承認某一事實，但沒達到某種程度。

例 試験といっても、簡単なテストです／雖說是考試，但只是簡單的測驗。

例 料理ができるといっても、卵焼きぐらいです／雖說會作菜，只會做些煎蛋之類的。

例 ビルとはいっても、三階建ての小さなものです／雖說是樓房，但不過是三層建築的小樓。

～どおり；～とおり／按…樣子；如…樣…；照…那樣

句型 名詞＋どおり；名詞、連體詞、動詞連體形＋とおり

說明 「とおり」在句中多作為副詞使用，也可以作述語、名詞修飾語等。當「とおり」接續名詞時，可以接在「名詞＋の」之後，也可以直接連接，但這時「とおり」要濁音化為「どおり」。

例 まったくおっしゃるとおりです／完全如您所講的那樣。

例 本物のとおりにまねて作る／按實物進行仿造。

例 わたしの言ったとおりにやってみてください／請照我說的那樣做做看。

～どころか / 豈止…就連…；別說… 還…：非但…

句型 用言連體形、名詞＋どころか

說明 用於否定前項，強調後項，有時會出現相反的結果。

例 千円どころか十円もない / 別說一千日圓，就連十日圓也沒有。

例 車の運転どころか、自転車にも乗れない / 別說開車，就連自行車都不會騎。

例 交通事故が減るどころか、増加する一方だ / 交通事故非但沒有減少，還一直在增加。

～どころではない / 哪談得上……；豈止……；哪能……

句型 體言、動詞或形容詞連體形、形容動詞語幹＋どころではない

說明 用於表示強烈的否定時。

例 地震に見舞われて、今は花見どころではない / 因遭受地震災害，現在哪裡還有心情賞花。

例 事故の後は食事どころではなく、一日中たいへんだった / 事故發生後哪裡還吃得下飯，一整天都手忙腳亂的。

例 海は冷たかったどころじゃありません。まるで氷のようでした / 海水豈止是涼，簡直就像冰一樣。

～として / 作為… ; 以～身分

句型 體言＋として

說明 用於表示某種立場、資格和名目。

例 私は趣味<u>として</u>外国語を勉強している / 我把學習外語當成興趣。

例 彼を恩人<u>として</u>扱う / 把他當成恩人看待。

例 医者<u>として</u>できることはすべてしました / 作為醫生能做的都做了。

～としては / 作為…的話 ; 以～而言

句型 體言＋としては

說明 表示判斷標準，意指從提出的標準來看，判斷出的事物是這樣。「～といたしましては」是其自謙形式，用於非常正式的場合。

例 先生<u>としては</u>、この話は少し言いすぎではないか / 以老師而言，這種話不是有點過分嗎？

例 彼<u>としては</u>、辞職する以外に方法がなかったでしょう / 以他來說，除了辭職別無他法吧。

例 私<u>といたしましては</u>、ご意見に賛成しかねます / 以我來說，無法贊成您的意見。

～としても／就算…也…；即使…也

句型 體言＋としても

説明 接在表示人稱或團體的名詞後面，表示事物評價的觀點。意為：即使在某種資格或立場上，也不會改變目前的看法。「～といたしましても」是其自謙形式，用於非常正式的場合。

例 鈴木さんは政治家としても有名です／鈴木先生即使以政治家而言也很有名。

例 私としても、この件に関しては当惑しております／就算是我，也對這件事感到困惑莫解。

例 学長としても、教授会の意向を無視するわけにはいかない／即使身為校長，也不能無視教授會議的意向。

例 お父さんとしても、娘が結婚して、家を出て行くのは寂しい。／即使是父親，對於女兒結婚後離家也會感到寂寞。

とすると～ / 那樣的話…；這麼說…；如此看來…

句型 句子＋とすると＋感嘆句（表示推測、詢問、勸誘等）

說明 用於連接前後兩個句子。表示後項事物的成立是以前項行為、動作的實現為前提。換句話說，表示如果前項行為、動作實現或者前項事物是事實的話，那麼……。前項既可以是假設的，也可以是確定的。多用於日常口語。

例 うまくいったら電話すると言っていたが、まだ連絡はない。とすると、だめだったかもしれない / 說是順利的話就來電話，可到現在還沒有聯絡，看來或許是不行了。

例 A：「友人から旅行にさそわれて、行こうと思っているんだが…」 / 「朋友約我去旅行，我很想去。」

B：「とすると、留守中この犬をどうするつもり？」 / 「那樣的話，你不在的期間，這隻狗怎麼安排？」

例 王さんは旅行中、張さんは病気、金さんは…。とすると、あした行けるのはわたし一人だね / 老王旅行去了，老張生病，小金……。這麼說，明天能去的只有我一個人了。

～とたん（に） / 剛一…就…；剛剛…就…

句型 動詞た形＋とたんに

說明 表示前後兩個動作幾乎同時發生。後一動作多為意外的，因此不能接續表示說話者意志的動作。

例 ドアを開けた<u>とたんに</u>、電話の音が聞こえた / 剛一開門，電話鈴就響了。

例 空が暗くなった<u>とたんに</u>雨が降り出した / 天剛暗下來，就下起雨來了。

例 急に立ち上がった<u>とたん</u>、目まいがした / 突然站起來，就頭昏眼花。

～とのことだ / 聽說……；據說……

句型 用言、助動詞終止形＋とのことだ

說明 表示轉達特定的人的話，語氣較鄭重。完整的句型是「～によれば～とのことだ」，但「～によれば」可以省略。

例 さっき田中さんから電話があって、明日急用ができて来られない<u>とのことでした</u> / 剛才田中先生打電話來說，明天因為有急事不能來了。

例 北海道ではもう雪が降った<u>とのことです</u> / 聽說北海道已經下雪了。

例 鈴木さんが明日用事で会社を一日休む<u>とのことでした</u> / 聽說鈴木先生明天有事向公司請了一天假。

～とは／所謂…就是…；所謂…說的就是…

句型 體言＋とは

說明 用於對某個話題進行解釋或者下定義時。與「というのは」的意思相同。

例 週刊誌とは毎週一回出る雑誌のことだ／所謂周刊雜誌是指每周發行一次的雜誌。

例 名刺とは名前が印刷された紙のことだ／名片是指印上姓名的紙張。

例 あなたのおっしゃる「あれ」とはいったい何ですか／你說的「那個」究竟是指什麼？

とはいうものの～／雖說……可是……；雖然……但是……

句型 句子＋とはいうものの＋句子

說明 此為慣用詞組，意思和用法與「とはいえ」相同，屬於書面用語。此外，還可以與「とはいいながら」互換使用。

例 大学時代は英文学専攻だった。とはいうものの、英語はほとんどしゃべれません／雖說在大學我學的是英國文學，可是我不太會講英文。

例 彼のことはあきらめたと彼女は言っている。とはいうものの、未練がないわけではないようだ／雖然她說對他已不抱任何希望，但好像還有一些留戀。

～ないこともない；～ないことはない / 沒有不……；不會不……；不可能不……

句型 動詞、動詞型助動詞未然形、形容詞或形容詞型助動詞連用形＋ないこともない（或ないことはない）

說明 以雙重否定的形式表示肯定的意思，並且含有推斷、推測的語氣。

例 晩に遅くまでテレビを見ないで、早く寝れば朝起きられないこともない / 晚上電視不要看得太晚，早一點兒睡覺，早晨才不會起不來。

例 ぜひと頼まれれば引き受けないこともない / 如果一定要拜託我，也是有可能接受。

例 水泳でも二、三年練習しなければ、忘れないことはない / 即使是游泳，如果兩、三年不練的話，沒有不忘的。

例 とても成績の優れた学生だから、試験の時には90点以上取れないことはない / 他是個成績優異的學生，考試的時候沒有不得90分以上的。

2級

〜ないことはない／不是不…；並非不…

句型 用言否定形＋ないことはない

説明 「ことはない」接在用言否定形後，表示對所述事物或對方所講的內容，予以委婉的否定。實際上，這種句型以雙重否定的形式，表示說話者的肯定語氣。多用於對話的場合。有時也用「こともない」。

例 言われてみれば、確かにあの時の様子がおかしかったという気がしないことはない／你這麼一說，我也覺得他那時的樣子有點怪怪的。

例 発展途上国は工業化が遅れているが、人々が幸せじゃないことはない／發展中國家的工業雖然落後，但那裡的人們並非不幸福。

例 駅までバスで30分だから、すぐ出れば間に合わないこともない／坐公車到火車站需要30分鐘，如果馬上動身的話，還來得及。

2級

138

～など／…之類的；…什麼的

句型 體言＋など

說明 表示輕蔑、謙虛、強調等語氣。例句←表示輕蔑；例句↑表示謙虛；例句→表示強調。

例←金など要らない／錢什麼的我不要。

例↑私のことなど心配なさらないでください／請不要為我擔心。

例→あの人はうそなどつきませんよ／他是不會撒謊的。

～なんか／…之類；…什麼的

句型 體言＋なんか

說明「なんか」是「など」的口語用法。表示輕蔑、謙虛、強調等語氣。例句←表示輕蔑；例句↑表示謙虛；例句→表示強調。

例←そんなことなんかしないよ／那種事我是不會幹的。

例↑私なんかとてもできない仕事です／這工作可不是我這樣的人做得來的。

例→僕は野球なんか大好きだ／我非常喜歡棒球之類的運動。

～なんて / 說是… ; …什麼的

句型 體言、用言終止形＋なんて

說明 表示出乎意外、輕視等語氣。用於口語。

例 勉強<u>なんて</u>いやだ / 我討厭念書。

例 僕は注射<u>なんて</u>平気だよ / 我才不怕打針呢。

例 あの人が学者<u>だなんて</u> / 虧他還是個學者呢。

例 今ごろ断る<u>なんて</u>何ということだ / 到現在才要回絕算什麼嘛。

～にあたって ; ～にあたり / 值此…之際 ; 當…的時候

句型 名詞、動詞連體形＋にあたって ; 名詞、動詞連體形＋にあたり

說明 用於表示在某情況發生的時候。一般作為書面用語。

例 新年度の初日<u>にあたって</u>、一言ご挨拶を申し上げます / 值此新年伊始之際，讓我來問候一下。

例 新製品の開発<u>に当たって</u>、多くの人々の協力が必要だ / 在開發新產品的時候，需要很多人的協助配合。

例 卒業論文を書く<u>にあたって</u>、たくさんの資料を集めることが必要です / 在撰寫畢業論文之際，有必要收集大量的資料。

2級

～において / 在…；關於…

句型 體言＋において

說明 用於表示動作、作用所進行的時間、場所、場合、領域等。

例 学会は東京において開かれる／學會在東京召開。

例 現代においてそれはすでに常識です／在現代這已經是常識。

例 この機械は性能においては申し分がない／這臺機器，從性能來說無可非議。

例 私の知っている限りにおいて、そのような事実はありません／據我所知，那並非事實。

～に応じ（て）/ 按照…；隨著…；根據…

句型 體言＋に応じて

說明 用於表示實施後項的基準。

例 成績に応じてクラスを分ける／根據成績分班。

例 能力に応じて昇給する／按能力調薪。

例 体力に応じて、適当な運動をするべきだ／應該進行與體力相符的運動。

例 選択科目は学生の興味に応じて選ぶことができる／學生可以根據個人的興趣選擇選修科目。

～における～ / 在…上；關於…方面

句型 體言＋における＋體言

說明 表示處於某一時間、某個場所或某個方面。為書面用語，口語中很少使用。

例 家庭における彼は実によい父である / 他在家裡的確是個好父親。

例 海外における日本企業は毎年増えている / 在海外的日本企業每年都在增加。

例 音楽における彼の才能は実にすばらしいものです / 他在音樂方面的才能實在了不起。

～に関わらず；～に関わらなく / 無論…都…；盡管…也…

句型 體言、用言連體形＋に関わらず；體言、用言連體形＋に関わらなく

說明 表示不受所提出的情況、條件的限制，某種動作照常進行。

例 寄付は金額の多少に関わらず大歓迎です / 捐款不論金額多少，都歡迎。

例 昼夜に関わらず仕事を続けている / 無論白天還是黑夜，都繼續工作。

例 晴雨にかかわらなく船が出る / 不論晴天雨天都開船。

142

～にかかわる / 關係到……; 涉及到……

句型 體言＋にかかわる

說明 表示「關係到……」時，前面的名詞常用「名誉」「評判」「生死」等。表示「涉及到……」時，前面的名詞常用「人」「仕事」「出来事」等。

例 人の名誉にかかわるようなことだから、いい加減にしてはいけない / 這是關係到人的名譽的事情，決不能當兒戲。

例 命にかかわるような問題にぶつかった / 遇到了攸關生死的問題。

例 こんなひどい商品を売ったら店の評判にかかわる / 出售這樣的劣質商品，會影響到商店的聲譽。

～に限って；～に限り / 偏偏…；只限於…；惟有…

句型 體言＋に限って（或に限り）

說明 表示只限於某種情況或場合。

例 この問題に限っては辞書を調べてもいいです / 只有這道題可以查字典。

例 130センチ以下の子供に限り無料だ / 只限於身高130公分以下兒童免費。

例 うちの子に限ってそんなことはしない / 只有我家的孩子不會做那種事。

143

～に限らず / 不限於…；不論…都…

句型 體言＋に限らず

說明 表示不限於前項，後項也包括在內。

例 鉛筆に限らず、どんなペンを使ってもいいです / 不限於鉛筆，什麼筆都可以使用。

例 この講座は学生に限らず、一般の人に公開されています / 這個講座不僅對學生，也向公眾開放。

例 男性に限らず女性もハイテク企業に進出している / 不僅男性，就連女性也進入高科技企業。

例 日曜日に限らず、休みの日はいつでも家族と運動に出かけます / 不僅僅是星期天，凡是假日都和家人出去運動。

～に限る / 最好是…

句型 名詞、動詞連體形＋に限る

說明 用於表示最佳選擇。

例 夏には冷えたビールに限る / 夏天時最好喝杯冰啤酒。

例 こんなときには黙っているに限る / 這種時候，最好保持沉默。

例 疲れたときは寝るに限る / 疲倦時最好睡個覺。

例 読みたい本はいちいち買わないで、図書館で借りるに限る / 不要一一地買下想看的書，最好是在圖書館借。

～にかけて（は）／ 在…方面；論… 的話

句型 體言＋にかけては

說明 用於表示動作涉及的範圍、對象等。多使用在好的方面。

例 料理にかけては中華料理は世界一だ／關於烹飪，中國菜是世界第一。

例 テニスにかけては、王さんが一番強い／以網球來說，小王最強。

例 彼は仕事にかけて、能力がある／他在工作上是很有能力。

～に関して／ 關於…，有關…

句型 體言＋に関して

說明 用於提示出行為的對象，比「について」更加書面語化。

例 この事件に関して学校から報告があった／關於這個事件有來自學校的報告。

例 その方案に関して質問したいことがあります／對那個方案，我有問題要問。

例 敬語に関して論文を書く／寫有關敬語的論文。

145

～に関する～ / 關於…的；有關…的

句型 體言＋に関する＋體言

說明 用於提示出行為的對象，多為書面用語。

例 公害に関する記事を書いている / 正在寫有關公害的報導。

例 この実験に関することで注意しなければならないことがありますか / 關於這個實驗有沒有應注意的事情？

例 彼は宗教に関する論文を書いた / 他寫了一篇關於宗教的論文。

2級

～に決まっている / 一定（必定）…；肯定…

句型 用言連體形＋に決まっている

說明 表示推測、推斷的根據較牢靠，比「にちがいない」的語氣要強一點。

例 今度の試合ではAチームが勝つに決まっている / 在這次比賽中A隊一定會贏。

例 彼はそのことをやるに決まっている / 他一定會做那件事。

例 彼女がこのニュースを聞いたら、悲しむに決まっている / 她聽了這個消息一定會難過的。

～に比べ（て） / 和…比…；比…

句型 體言＋に比べ（て）

說明 用於比較事物之時。

例 東京に比べ、京都のほうが物価が安い / 和東京相比，京都的物價較低。

例 去年に比べて、今年の夏は暑い / 今天夏天比去年熱。

例 ぼくは弟に比べ、背が低い / 我的個子比弟弟矮。

例 みかんはりんごに比べて、ビタミンCが多い / 橘子所含的維生素C比蘋果豐富。

2 級

～に加え（て） / 加之…；…之外；不但…而且…

句型 名詞＋に加えて

說明 用於表示對以前曾有的同類或相近事物的添加。

例 祖母は高血圧に加え、心臓もあまり強くないです / 祖母有高血壓，加上心臟也不太好。

例 激しい風に加えて、雨もひどくなってきた / 刮著強烈的風，還加上下起了大雨。

例 彼女は美しさに加えて、頭もいい / 她不但長相漂亮，而且也很聰明。

147

～にこたえ（て）/ 應…；響應…；不辜負…

句型 體言＋にこたえ（て）

說明 用於對前者的回應或響應之時。

例 そんな要求にはこたえられない / 那種要求無法答應。

例 アンコールにこたえて一曲歌った / 應聽眾的要求再唱了一首。

例 親の期待にこたえて、彼は東大入試に合格した / 他沒有辜負父母的期望，考上了東大。

～に際し（て）/ 値…之際；當…的時候

句型 名詞、動詞連體形＋に際し（て）

說明 表示以某種事情為契機。一般作為書面用語。

例 別れに際して、彼は私に一声もかけなかった / 臨別之時，他連打一聲招呼都沒有。

例 本店を開くに際して、いろいろな人からアドバイスをもらった / 在本店開張時，得到了很多人的寶貴的建議。

例 出発に際し、いくつかの注意事項をお話します / 在出發之際，我講一下幾點注意事項。

～にさきだって；～にさきだち / 在…之前

句型 名詞、動詞連體形＋にさきだって；名詞、動詞連體形＋にさきだち

說明 用於表示在開始某事之前，做必要的前期工作。「～にさきだち」為書面用語。

例 試験開始に先立って、注意事項を説明する / 在考試開始之前，先說明一下注意事項。

例 開会に先立って前夜祭が行われた / 在開會前一夜，舉行了慶祝活動。

例 今日は運動会に先立ち、予行練習をした / 在運動會之前，今天預先進行練習。

～に従って；～に従い / 隨著…

句型 動詞終止形＋に従って；動詞終止形＋に従い

說明 表示相關聯，後項隨前項的變化而變化。

例 年を取るに従って体が弱る / 隨著年齡的增長身體因而虛弱。

例 彼との付き合いが深まるに従って、良さが見えてくる / 和他越深交，越能看出他的優點。

例 物価の上昇するに従い、生活が苦しくなった / 隨著物價的上漲，生活變得艱苦了。

～にしたら；～にすれば / 從…的角度來說

句型 體言＋にしたら；體言＋にすれば

說明 表示從某種立場、某個角度出發。用於推測別人的想法時，不能用於說話者自己。

例 あの人にしたら、そうするよりほかなかったと思う / 我認為若是站在他的立場，只能那樣做。

例 彼にしたら親切のつもりだったのですが、言い方がきつかったのか彼女は怒ってしまった / 他原本是為了她好，但或許因為講話方式過於生硬，結果把她激怒了。

例 姉にすれば私にいろいろ不満があるようだけれど、私にしても姉には言いたいことがある / 姐姐對我好像很有意見，可是我對姐姐也有話要說。

例 母親は子供のために思って厳しくしつけようとしたのでしょうが、子供にしたら自分が嫌われていると思い込んでしまったのです / 母親是為了孩子好才嚴加管教的，可是孩子卻以為是母親不喜歡自己。

～にしても～にしても / 不管…還是…；…也罷…也罷

句型 體言、動詞或形容詞終止形＋にしても
＋體言、動詞或形容詞終止形＋にしても

說明 表示列舉，意為所舉的事例都在範圍之內。

例 与党にしても野党にしてもその課題については意見が同じだ／無論執政黨，還是在野黨，對那個議題意見一致。

例 勝つにしても負けるにしても、正々堂々と戦いたい／無論輸贏，都要光明正大地進行比賽。

例 行くにしても行かないにしても、一応準備だけはしておきなさい／去也罷，不去也罷，都要先做好準備。

例 動物にしても植物にしても、生物はみんな水がなければ生きられない／無論是動物，還是植物，生物沒有水就活不成。

例 犬にしても猫にしても、このマンションではペットを飼ってはいけないことになっている／無論是狗還是貓，在這個公寓就是不能養寵物。

～にしろ～にしろ / 無論…還是…；…也好…也好

句型 體言、動詞或形容詞終止形、形容動詞語幹＋にしろ＋體言、動詞或形容詞終止形、形容動詞語幹＋にしろ

說明 表示列舉內容相反的兩種事物，說明他們並非例外。與「～にせよ～にせよ」用法相同，是「～にしても～にしても」的較正式的表達方式。

例 本当にしろ嘘にしろ、本物を見なければ信じられない / 不管是真是假，沒看到真正的東西，無法相信。

例 肉にしろ魚にしろ、新鮮なものはおいしい / 肉也好，魚也好，還是新鮮的好吃。

例 静かにしろ静かではないにしろ、図書館で本を読んだほうが効率が高い / 不管安不安靜，還是在圖書館看書效率高。

例 子供を育てるにしろ親の世話をするにしろ、家族の協力が必要だ / 不管撫養孩子，還是照顧父母，都需要家人的協助。

句型 體言、動詞連體形＋にすぎない

說明 表示「ただそれだけのものだ」，若有問題只是如此而已，並沒有其他的意思。

例 いくら賢いと言って、まだ10歳の子供に過ぎない / 雖說很聰明，也只不過是個10歲的孩子。

例 今年降った雨の量は去年の半分に過ぎない / 今年的降雨量只不過是去年的一半。

例 天才とはいえ、まだ子供に過ぎない / 雖說是天才也只不過是個孩子。

例 今度の選挙には皆が関心を持っていた。ところが、実際に選挙に行ったのは30%に過ぎなかった / 大家對這次選舉非常關心。可是實際參加選舉的也只不過占30%。

例 その法律の改正に賛成しているのは国民のわずか2%に過ぎない / 贊成修改那項法律的只不過占國民的2%。

2 級

153

～にせよ～にせよ / 不管…還是…；…也好…也好

句型 體言、動詞或形容詞終止形、形容動詞語幹＋にせよ＋體言、動詞或形容詞終止形、形容動詞語幹＋にせよ

說明 表示列舉內容相反的兩種事物，說明他們並非例外。與「～にしても～にしても」意義相同，是「～にしても～にしても」的較鄭重說法。

例 大人にせよ子供にせよ、うそをついてはいけません / 無論大人，還是小孩，都不能說謊話。

例 来るにせよ来ないにせよ、電話ぐらいはしてほしい / 來也好，不來也好，希望你給我打個電話。

例 上手にせよ下手にせよ、比べてみなければわからない / 不管是好是壞，不比不知道。

～ものの / 雖然…但是…

句型 用言連體形＋ものの

說明 表示前後兩項的逆轉關係。後項常用來表示不滿、沒有自信或事情難以實現。

例 着物を買ったものの、なかなか着ていく機会がない / 雖然買了和服，但一直沒有機會穿。

例 立秋とはいうものの、暑い日がまだ続いている / 雖說已經立秋了，但每天還是很熱。

例 あの子供は頭はいいものの、あまり努力しない / 那個孩子雖然頭腦聰明，但不太用功。

～に沿って；～に沿った / 順著…；沿著…；按照…

句型 體言+に沿って；體言+に沿った+體言

說明 用於提示出所遵循的規則或願望。

例 この線路は海岸に沿って作られている / 這條鐵路是沿著海岸修築的。

例 この方針に沿って交渉する / 按這個方針進行交渉。

例 ご希望に沿って旅行の日程を変更いたしました / 按照您的希望變更了旅行行程。

例 ご期待に沿った回答ができるかどうか自信がありませんが…… / 是否能作出讓您滿意的答覆，我沒有把握。

～に対して / 對…；對於…；針對…

句型 體言+に対して

說明 用於提示出動作的對象。

例 学生に対しては、とても厳しい先生です / 是一位對學生要求很嚴格的老師。

例 先生に対して、失礼なことを言ってはいけません / 不許對老師說不禮貌的話。

例 目上の人に対しては、敬語を使わなければならない / 對長輩應該使用敬語。

例 このデパートの店員は客に対して、いつも親切でやさしい / 這家百貨公司的店員對客人總是親切又和藹。

155

～に対する / 對…的；對於…的；針對…的

句型 體言＋に対する＋體言

說明 用於提示出動作的對象。

例 日本人に対する印象を話してください / 請談一談對日本人的印象。

例 女性の政治に対する関心はまだ薄いようです / 女性對政治的關心好像還是淡了一些。

例 事故の原因に対する取調べが行われているところです / 正在對事故的原因進行調查。

～に違いない / 一定…

句型 體言、形容動詞語幹、動詞或形容詞或部分助動詞連體形＋に違いない

說明 表示說話者根據經驗或直覺對某事物的推斷，語氣非常有把握，常與「きっと」「必ず」相呼應，推斷的是過去或未來的事情。

例 あの成績なら、合格するに違いない / 成績那麼好，一定能考上。

例 これは王さんの忘れ物に違いない / 這肯定是小王遺忘的東西。

例 パーティーはきっとにぎやかだったに違いない / 宴會一定很熱鬧。

156

～について／關於…；就…；針對…

句型 體言＋について

說明 用於提示出動作的對象。

例 その人について私は何も知りません／關於那個人，我一點兒也不了解。

例 火事の原因について調べる／對火災的原因進行調查。

例 その事については改めて話し合おう／關於那件事，以後再談吧。

例 女の子ばかりの場合、いつも結婚のことについて話し合います／只有女孩子的時候，總是談論有關結婚的事情。

～につき；～について／毎…

句型 數量詞＋につき；數量詞＋について

說明 表示某一情況幾次發生時，都產生相同的結果。「～につき」是「～について」的鄭重的表達方式。

例 面接時間は一人につき10分です／面試時間每人十分鐘。

例 交通費は一日につき千円ぐらいかかります／一天大約花費一千日圓的交通費。

例 一人について2個分ける／每人分兩個。

例 一ダースについて20円安くなっている／每打便宜20日圓。

～につけ；～につけても；～につけて
/ 每逢…就；一…就…；因而…

句型 體言、用言終止形＋につけ（或につけても或につけて）

說明 表示某種情況下，連帶產生的結果。

例 写真を見るにつけ、家族のことが思い出される / 每逢看到照片，就想起親人。

例 梅の花が咲くにつけて、その花が好きだった母を思い出す / 每當梅花開放，就想起喜歡梅花的母親。

例 何事につけ、誠実に応対しなければならない / 不管什麼事情，都要誠實地對待。

～につれ（て）/ 伴隨著…；隨著…

句型 體言、動詞終止形＋につれ（て）

說明 表示一方發生變化，另一方也隨之發生變化。

例 年をとるにつれて経験も豊富になる / 年齢越大經驗也就越豐富。

例 試験が近づくにつれて、ますます忙しくなってきた / 越接近考試，就變得更加忙碌。

例 改革の進展につれて、経済が活発になってきた / 隨著改革的進展，經濟日益活躍起來了。

～にとって／對於…來說

句型 體言＋にとって

說明 用於表示某種立場、資格和名目。

例 この問題は子供にとって難しいすぎる／這個問題對孩子來說太難了。

例 人間にとって一番大切なものは何でしょう／對於人類來說，最重要的是什麼呢？

例 それは私にとって大変興味のあることです／對我來說，那是一件很有趣的事情。

～に伴って；～に伴い／隨著…；伴隨…

句型 體言、動詞終止形＋に伴って；體言、動詞終止形＋に伴い

說明 表示兩者之相關聯，後項隨著前項而變化。

例 自動車の数が増えるに伴って、事故も多くなった／隨著汽車數量的增加，事故也增多了。

例 新社長の就任に伴い、人事異動が発表された／隨著新社長的上任，公布了人事異動。

例 技術の進歩に伴って、生活が便利になってきた／隨著技術的進步，生活也變得方便了。

〜に反し（て）/ 與…相反；與此相反…

句型 體言＋に反し（て）

說明 表示兩者之對比，後項與前項相反。

例 親の期待に反して、大学入試は落第してしまった / 辜負了父母的期待，沒考上大學。

例 予想に反し、実験は失敗した / 與預測的相反，實驗失敗了。

例 年初の予測に反して、今年は天候不順の年となった / 與年初的預測相反，今年是氣候反常的一年。

〜にほかならない / 不外乎…；無非是…

句型 動詞連體形、體言＋にほかならない

說明 這是由格助詞「に」接名詞「ほか」再接「なる」的否定形所構成的，表示斷定事物只能是這樣而不可能是別的東西。

例 教育の仕事というのは人間を作ることにほかならない / 教育工作就是培育人。

例 この成果はあなたの努力の結果にほかならない / 這個成果無非是你努力的結果。

例 正男の取った行動は父親の対する反発の現われにほかならない / 正男採取的行動無非是對父親反抗的表現。

～に基づいて / 根據…；基於…；按照…

句型 體言＋に基づいて

說明 用於提示出事物的基準或標準。

例 経験に基づいて判断を下す / 根據經驗下判斷。

例 この小説は事実に基づいて書かれたものです / 這本小說是根據事實寫成的。

例 法律に基づいて罰する / 依法懲處。

例 わが社では若者たちへのアンケート調査の結果に基づいて、商品を開発している / 我們公司根據針對年輕人的問卷調查結果來開發商品。

2 級

～によって / 透過…；以…

句型 體言＋によって

說明 用於提示出方法或手段。

例 人員削減によって、不況を乗り切ろうとしている / 想透過裁減人員來度過經濟蕭條。

例 危険かどうかは経験によって判断する / 有無危險須透過經驗來判斷。

例 私は辞書によって知らない単語を調べます / 我利用詞典來查不懂的單字。

例 この問題は話し合いによって解決できると思う / 我認為這個問題可以透過協商解決。

161

～によって；～による / 按照…；根據…；由於…而…

句型 體言＋によって；體言＋による＋體言

說明 表示根據或依據某事物或原因等而去做某事。

例 地方によって、言葉や習慣などが違う / 依地方不同，語言和習慣也不同。

例 アンケート調査の結果による判断です / 根據民意調查的結果所得到的判斷。

例 服装は時代によって変わります / 服裝由於時代的不同而發生變化。

～によると；～によれば / 據說…；據聞…

句型 體言＋によると；體言＋によれば

說明 表示傳聞或推測的根據。

例 天気予報によると明日雪になるそうだ / 據天氣預報，明天會下雪。

例 先生の話によると、来年の大学の受験はもっと難しくなるらしい / 聽老師說，明年的大學聯考會更難。

例 最近の調査によると青少年の犯罪は増える一方そうだ / 據最近的調查青少年的犯罪呈增長趨勢。

〜にわたって；〜にわたり / 歷時…；達到…；經過…

句型 體言＋にわたって；體言＋にわたり

說明 用於提示出範圍，包括時間、空間、次數等的範圍。

例 その会議は五日間<u>にわたって</u>行われた / 那個會開了五天。

例 試験は1月10日から一週間<u>にわたり</u>行われる / 考試將從一月十日開始進行一週。

例 彼は前後3回<u>にわたって</u>この問題を論じた / 他前後三次論述了這個問題。

〜抜きで / 除去…；省略…；不要…

句型 體言＋抜きで

說明 表示無視於或否定某事、某物。

例 朝食<u>抜きで</u>出勤するサラリーマンが多い / 不吃早餐就上班的上班族很多。

例 まじめな話ですから、冗談<u>抜きで</u>しましょう / 因為在談正經事，所以不要開玩笑。

例 前置き<u>抜きで</u>、さっそく本論に入りましょう / 省略開場白，直接進入主題吧。

～は（或を）抜きにして / 除去… ; 省去… ; 去掉…

句型 體言＋は（或を）抜きにして

說明 表示無視於或否定某事、某物。

例 感情は抜きにして冷静に話してください / 請拋開情緒，冷静地說。

例 仕事の話は抜きにして、大いに楽しみましょう / 不談工作，好好享樂吧。

例 説明を抜きにして、すぐ討論に入ります / 不作說明，馬上就進行討論。

～抜く / ……到底 ; 堅持……下去

句型 動詞連用形＋抜く

說明 接尾詞「ぬく」接在動詞連用形後構成複合動詞，表示將某一動作、行為排除萬難做到底。

例 宿題が多くて、難しかったが、最後までやりぬきました / 作業又多又難，可是我還是做到最後。

例 やると決めた以上、最後までやりぬこう / 既然決定要做，就幹到底吧。

例 考え抜いた結果の決心だから、もう変わることはない / 因為是經過深思熟慮後下定的決心，所以不會再改變了。

～のみならず；～のみでなく / 不只是…；不僅…

句型 體言、用言連體形＋のみならず（或のみでなく）

說明 用於表示不限定於某一事物，還可能涉及更大的範圍。是「～ばかりでなく」「～だけでなく」的書面用語。

例 子供のみならず、親も行くことになっている / 不僅是孩子，連父母也要去。

例 勉強が足りないのみならず、態度も悪い / 不僅不夠用功，而且態度也不好。

例 サラリーマンのみでなく、家庭主婦たちにも人気がある / 不但薪水階層喜歡，也受到家庭主婦的歡迎。

2級

～ば～ほど / 越…越…

句型 用言假定形＋ば＋同一用言連體形＋ほど

說明 表示相關的兩項事物，後項隨著前項變化而變化。

例 この小説は読めば読むほど面白い / 這本小說越看越有趣。

例 北へ行けば行くほど寒くなる / 越往北走越冷。

例 学校は家から近ければ近いほどいいです / 學校離家越近越好。

165

～ばかりか / 不但…而且…；豈止…甚至…

句型 體言、用言連體形＋ばかりか

說明 「ばかり」表示不只限於某種程度，而且還涉及到其他更高的程度。與「～ばかりでなく」「～だけでなく」意思相同，但「～ばかりか」的後面一般不接續命令、禁止等。

例 彼は反省しないばかりか、悪口を言い返した / 他不但不反省，反而惡語傷人。

例 その店の品物は値段が安いばかりか、質もよい / 那家店的東西，不僅價格便宜，品質也很好。

例 あの人は耳が聞こえないばかりか、目も見えない / 那個人不僅耳朵聽不見，連眼睛也看不見。

～ばかりだ / 一直……；一個勁地……

句型 動詞連體形＋ばかりだ

說明 表示某種狀態一直發展的趨勢。

例 雪はますます激しくなるばかりです / 雪越下越大。

例 彼女は悲しくて泣くばかりです / 她悲傷得直哭。

例 彼の病状は悪化するばかりです / 他的病情不斷惡化。

～ばかりになっている / 即將……；馬上就要……

句型 用言連體形＋ばかりになっている

説明 表示即將進行某動作或將達到某種狀態。

例 掃除もできて、父が帰ってくるのを待つばかりになっています / 清掃也完成了，只等父親回來。

例 果樹園の葡萄はもうとりいれるばかりになっている / 果園裡葡萄就要採收了。

例 ご飯は炊くばかりになっています / 飯馬上就要做好了。

～はさておき / 姑且不論…；不談…

句型 體言＋はさておき

説明 表示暫時不去考慮前項問題。

例 あの店は、味はさておき、確かに安い / 那家飯店姑且不論味道如何，的確很便宜。

例 文法はさておき、会話だけは自信がある / 先不談文法怎麼樣，會話我是很有自信。

例 性格はさておき、仕事はよくできる / 不談性格如何，工作能力倒是很強。

～はともかく（として） /…暫且不論…

句型 體言＋はともかく（として）

說明 表示暫不討論前者，優先考慮後者。

例 食事はともかく、まあお茶をどうぞ / 飯回頭再說，先請喝杯茶。

例 結果はともかく、試験が終わってほっとした / 無論結果怎樣，考完試就鬆口氣了。

例 費用の問題はともかくとして、まず旅行の目的地を決めましょう / 先不談費用問題，先確定旅行的目的地吧。

～はもちろん /…自不待言；…不言而喻

句型 體言＋はもちろん

說明 表示某件事是理所當然的、不言而喻的。與「～はもとより」意義很相近，但「～はもとより」要更書面語化一些。

例 復習はもちろん予習もしなければなりません / 復習是當然要的，還應該要預習。

例 ここにはクーラーはもちろん、扇風機もない / 這裡不用說空調，就連電風扇也沒有。

例 国が違うと、習慣はもちろん考え方も違う / 不同的國家，不必說習慣，連思考方式也不同。

～はもとより / 別說是…；不必說…；當然…

句型 體言＋はもとより

說明 表示前項是理所當然的，就連後項也列入此範圍內。多作為書面用語。

例 王さんは英語はもとより、イタリア語もできる / 小王別說是英語，就連義大利語也會。

例 本人はもとより、家族や先生も彼の受賞を喜んだ / 本人就不必說了，家人和老師也都對他的獲獎感到高興。

例 彼は英語にかけては会話はもとより、文を書くのも達者です / 他的英語，別說是會話，就連文章寫得也很好。

～反面 / …的另一面；…的反面

句型 用言連體形＋反面

說明 表示在同一個事物中，存在著性質完全不同的兩個層面。

例 彼女はいつもは明るい反面、寂しがり屋でもある / 她總是帶著開朗的面容，但其實是一個容易感到寂寞的人。

例 彼は仕事に厳しい反面、やさしいところもある / 他對工作要求很嚴格，但另一方面也有溫柔的一面。

例 この薬はよく効く反面、副作用も強い / 這種藥效很好，另一方面副作用也很大。

～べきだ / 必須…；應該…

句型 動詞終止形、動詞型助動詞終止形＋べきだ

說明 「べき」是文語助動詞「べし」的連體形，「だ」是斷定助動詞。此句型與「なければならない」意思相同，表示當然、義務、理應如此。它的否定形式是「べきではない」，「べき」接サ行變格動詞時，可以接在「する」後面成為「すべき」。

例 若者はお年寄りを尊敬すべきです / 年輕人應該尊敬老年人。

例 悪いのは君だから、謝るべきだ / 因為是你不對，應該要道歉。

例 私は張さんが行くべきだと思う / 我認為小張應該去。

例 こういう場合「横から割り込んではいけません」と抗議を申し込むべきである / 這種場合應該提出抗議說：「不准插隊」。

～ほか（は）ない／只好……；只得……；除……外沒有別的辦法

句型 動詞連體形＋ほか（は）ない

説明 副助詞「ほか」與「ない」相呼應，表示強調只有一種情況，而排除其他一切可能。

例 お金が盗まれたのだから、警察を呼ぶほかはありません／因為錢被偷了，只得叫警察。

例 あの山へ行くには、この道を行くほかはない／要前往那座山只能走這條路。

例 こうなったら、一生懸命頼んでみるほかなかった／既然這樣，只好拼命相求了。

例 ほかに誰もいなかったので、私が手伝うほかはありません／因為其他人都不在，所以只好我來幫忙。

例 彼女は注意されるとすぐ泣くから、黙っているほかない／一被批評她就馬上哭，所以只好保持沉默。

～ほど／像…那樣；…得…

句型 體言、用言連體形＋ほど

說明 用於表示狀態的程度。

例 一歩も歩けないほど疲れた／累得一步也走不動了。

例 頭が痛くて、起きられないほどだった／頭痛得起不來。

例 山の上の空気は、息ができないほど冷たかった／山上的空氣冷得讓人窒息。

例 それは私にとっては死にたいほどの辛い経験である／那件事對我來說是一件難受得要死的經歷。

～ほど～（は）ない／不像…那樣；沒有比…更…

句型 體言、用言連體形＋ほど＋用言否定形＋（は）ない

說明 用於表示比較高的基準或最高程度。

例 今日は昨日ほど寒くない／今天沒有昨天那麼冷。

例 日本語は想像したほど難しくない／日語並不如想像得那麼難。

例 我が家ほどよい所はない／沒有比自己的家更好的地方了。

例 テニスほど好きなスポーツはない／沒有比網球更喜愛的運動。

句型 五段動詞終止形、非五段動詞未然形、
助動詞未然形＋まい

說明 表示否定的推測。「まい」是現代日語
中仍然使用的古語。

例 もう四月だから北海道もそれほど寒くはある
まい / 已經是四月份了，北海道也不會那麼
冷了吧。

例 問題は複雑だから、そんなに簡単には解決で
きまい / 因為問題很複雜，大概沒那麼容易
解決。

例 この嬉しさは他人には分かるまい / 這種喜悦
別人是不會明白的。

～も～ば～も～ / 既……又……

句型 體言＋も＋用言假定形＋ば＋體言＋も
＋同一用言終止形

說明 接續助詞「ば」表示事項的並存，這時
要和提示助詞「も」相呼應。「も」用於列
舉事物，表示同類的並存。

例 長所もあれば、短所もあります / 既有優點，
又有缺點。

例 皮の厚いものもあれば、薄いものもあります
/ 既有皮厚的，又有皮薄的。

例 老人もいれば、若者もいます / 既有老年人，
也有年輕人。

2級

173

～もの／…東西

句型 用言連體形＋もの

說明 這種用法與中文很相似，相當於中文的「東西」之意。譯成中文時，有時可以不譯出來。

例 病人は食べたものを全部戻してしまった／病人把吃的東西全都吐出來了。

例 山のすそに、煙のようなものが見えます／看到山腳下好像在冒煙。

例 どうぞ、好きなものをとってください／你喜歡的東西就拿去吧！

～もの（者）／…（的）人；…者

句型 用言連體形、「體言＋の」＋もの

說明 當「もの」表示人的場合，一般用於泛指的人或說話者自己，對長輩或應尊重的人不能使用。

例 十八歲未満のもの、入場お断り／未満18歲者謝絕入場。

例 私は松本というものですが、先生はご在宅ですか／我叫松本，請問老師在家嗎？

例 ふつつかなものでございますが、どうぞよろしく／鄙人不才，請多包涵。

～ものか；～ものですか／（沒）有什麼…；哪有…

句型 用言連體形＋ものか（或ものですか）

說明 接用言連體形後，以反問的語氣表示否定。在對話中，「ものか」往往音變為「もんか」。

例 あんな失礼な人と二度と話をするものですか／我再也不理那種沒禮貌的人。

例 何で決まりが悪いことはあるものですか／有什麼不好意思的。

例 誰か教えてくれる人がいないものかと捜していた／在尋找一個能教我的人。

～ものがある／真是…；實在是…

句型 用言連體形＋ものがある

說明 表示具有某種因素、某種成分。

例 あの若さであのテクニック！彼の演奏にはすごいものがある／那麼年輕，就有那麼高的技巧！他的演奏真了不起。

例 彼女の音楽の才能にはすばらしいものがある／她的音樂才能真是很了不起。

例 首都の林立した高層ビルを見て、本当に感慨にたえないものがある／望著首都內林立的高樓，真是感慨萬千。

～ものだ / 真是……啊！

句型 用言連體形、助動詞連體形＋ものだ

說明 表示非常敬佩、感嘆、驚訝等。

例 月日がたつのは速いものだ / 歲月流逝如流水。

例 子供は元気なものだ / 孩子真是充滿朝氣啊！

例 「源氏物語」を読みこなすなんて、よく勉強したものだ / 居然能熟讀《源氏物語》，真是夠用功了。

例 小さい子供がよくこんな難しいバイオリンの曲を弾くものだ。大したもんだ / 那麼小的孩子能拉出這麼難的小提琴曲，真了不起。

～ものだ / 應該……；當然要……

句型 用言、助動詞連體形＋ものだ

說明 表示一般的社會倫理、習慣和必然結果。此外，也表示感嘆。

例 学生は先生の教えをよく聞くものだ / 學生應該聽老師的教誨。

例 月日がたつのははやいものです / 時間過得真快啊！

例 大人の言うことは聞くものです / 應該聽大人的話。

例 自動販売機は日本での普及ぶりは目覚しいものです / 自動販賣機在日本的普及程度真是驚人。

～ものだ；～もんだ / 總是……；經常……

句型 動詞過去式＋ものだ（或もんだ）

說明 經常與「よく」搭配使用，表示回憶過去的經歷或習慣，口語中常說成「もんだ」。

例 幼いころ、よく川へ泳ぎに行ったもんだ / 小時候，常去河裡游泳。

例 試験の時はよく徹夜をしたもんだ / 考試時經常開夜車。

例 学生時代にはよく遅くまで帰らなかったものだ / 學生時代經常很晚才回家。

～ものだから / 因為…；由於…

句型 用言連體形＋ものだから（或ものですから）

說明 多用於會話當中，表示說話者申述的理由。可以和「から」互換。但句尾不能使用意志、命令等句型。

例 彼女はもう知っていると思ったものだから、伝えませんでした / 我以為她已經知道了，所以就沒通知她。

例 私はまだ小さかったものだから、よく覚えていません / 那時我還小，記不清楚。

～ものではない；～もんではない / 不要……；別……；不會……的；不是……的

句型 動詞連體形＋ものではない（或もんではない）

説明 表示禁止，含有說服、勸說的語氣，即不應該這樣做。

例 人に嫌がられるようなことをするものではないよ / 別做讓人討厭的事喔。

例 言葉は簡単にマスターできるものではない / 語言不是那麼容易掌握的。

例 親にそんなことを言うものではない / 不要對父母說那樣的話。

例 人生は設計できるものではない / 人生是無法設計的。

例 一度太ってしまうと、そう簡単に痩せられるものではない / 一旦發胖了是很難再瘦下來的。

～ものなら / 如果…；假設…

句型 用言連用形＋う（よう）或動詞可能形
＋ものなら

說明 「ものなら」接在用言連體形加助動
詞「う（よう）」的後面，表示如果前項事
態發生，將招致不良後果。接在動詞可能形
後，表示假設發生某種不可能成立或難以成
立的事態。

例 バーゲンで外より安かろう<u>ものなら</u>、あっと
いう間に売り切れるだろう / 如果因為大減價
而比別處便宜的話，轉眼之間就會賣光吧。

例 そんなことを彼女に言おう<u>ものなら</u>、軽蔑さ
れるだろう / 如果對她說那種話的話，可能
會被她瞧不起。

例 月に行ける<u>ものなら</u>、わたしも行ってみた
いです / 如果能登上月球的話，我也想去看
看。

例 彼女は気が短くて、ぼくがデートにすこしで
も遅れでもしよう<u>ものなら</u>怒って帰ってしま
う / 我的女友個性很急，約會時我稍微晚一
點到，她就氣得回去了。

～やら～やら ／ …啦…啦 ； 又…又…

句型 用言連體形、體言＋やら＋用言連體形、體言＋やら

說明 表示列舉，在諸多事例中舉出一、二個，以暗示其他。

例 今日は果物やらお菓子やら、たくさんいただきました ／ 今天水果啦、點心啦，吃了不少。

例 泣くやら騒ぐやら、大変なことになった ／ 又哭又鬧，可不得了啦。

例 いま私は嬉しいやら悲しいやら、複雑な気持ちです ／ 又悲又喜，現在我的心情很複雜。

～ようがない ；～ようもない ／ 無法… ；沒辦法…

句型 動詞連用形＋ようがない （或ようもない）

說明 接在動詞連用形之後，表示「無法…」「不能…」。

例 用途の面から畳の部屋に名前をつけたくても、名前の付けようがないのである ／ 即使想根據用途為塌塌米的房間命名也無法命名。

例 知らないことは何とも答えようがないのです ／ 不知道的事情實在無法回答。

例 夜遅く、電車もバスもなくなり、どうしようもなく歩いて帰った ／ 夜深了，電車、公車都沒了，沒辦法只好走路回去。

～ような／像…那樣的…；如…之類的…

句型 「名詞＋の」、用言連體形＋ような

說明 用於提示出比較的基準。

例 田中さんはわたしにとって親のような方です／對我來說，田中先生就像是父母一樣。

例 ここに書いてあるようなスケジュールはとても無理だ／如果按這裡所寫的行程，根本做不到。

例 あなたのような人には、もう二度と会いたくない／我再也不想見到你這種人。

例 タバコやお酒のような体に害のあるものはやめたほうがいいです／像煙酒之類對身體有害的東西最好戒掉。

～ように／祝…；希望…

句型 句子＋ように

說明 表示委婉的要求、命令、請求、勸告以及願望等內容。表示說話者希望自己的願望能實現的心情。

例 きっと合格できますように／希望你一定要考上。

例 無事にお着きになれますように／祝您平安到達。

例 困った時は連絡するように／有困難時請聯繫。

例 風邪を引かないように気をつけてください／請小心不要感冒。

～よりほか（は）ない / 只好……；除此以外沒有……；只能……

句型 動詞連體形＋よりほか（は）ない

說明 表示只能這樣（除此之外）別無他法。

例 電車の中でお金を落としてしまったらしい。あきらめるよりほかはないだろう / 錢好像在電車上丢的，看來只好放棄了。

例 今月の給料を全部使ってしまった。来月分を借りるよりほかはない / 這個月的工資全都花光了，只好借下個月的來用。

例 もう間に合わないから、僕はタクシーで行くよりほかはない / 已經來不及了，我只能坐計程車去。

～わけがない / 不可能……；不會……

句型 用言、助動詞連體形＋わけがない（或わけがありません）

說明 表示根據事實做出合乎情理的否定判斷，多用於表示說話者的主觀判斷。

例 うちの子に限って、そんなことをするわけがない / 只有我的孩子不會做那樣的事。

例 まさか、うちの子が盗みをするわけがない / 我的孩子絕不會做偷盜的事。

例 薬も飲まないで治るわけがありません / 不吃藥不可能治好病。

〜わけだ / 應該…；就是…；就…

句型 用言連體形、「體言＋な」＋わけだ（或わけです）

說明 這個句型表示根據前面所述的事實或情況，從邏輯上推論出的結論，多用於說話者對某一種事物予以說明、解釋的場合。有時也用於不說出前項事實或情況，而直接講述結論的場合。

例 30ページの宿題だから、一日3ページずつやれば、十日で終わるわけです / 作業是30頁，每天做3頁的話，10天就能做完。

例 彼は日本で十年も働いていたので、日本の事情にかなり詳しいわけです / 他在日本工作了十年，對日本的情況應該相當瞭解。

例 結局、強いものが最後に勝つわけです / 總之，強者最後將獲勝。

例 彼の母親はぼくの父の妹だ。つまり彼とぼくはいとこ同士なわけだ / 他的母親是我父親的妹妹。也就是說，他和我是表兄弟。

～わけではない / 並不是……

句型 用言、助動詞連體形＋わけではない
（或わけではありません）

說明 「わけ」是形式名詞，表示「道理」
「理由」。「わけではない」表示從道理方
面強調某種情況並不存在，與「のではな
い」相似。

例 私は魚が嫌いだというわけではありません /
我並不討厭吃魚。

例 あなた一人が悪いというわけではありません
/ 並不是你一個人的錯。

例 あなたの気持ちが分からないわけではない /
也不是不了解你的心情。

例 私は買いたくないというわけではない。お金
がないからです / 我並非不想買，而是沒有
錢。

例 日本人だからといって、敬語が上手に使える
わけではない / 並不是日本人就能夠正確地使
用敬語。

～わけにはいかない／不能…

句型 動詞連體形、否定助動詞連體形＋わけにはいかない

說明 表示由於受到社會、法律、道德、心理等方面的約束和限制，而不能做某事。

例 約束した以上は守らないわけにはいかない／既然約定了就得遵守。

例 目の前の不正を見ていて、黙っているわけにはいかない／眼看著不正當的行為，是不能保持沉默的。

例 明日は試験があるから、今日は遊んでいるわけにはいかない／明天要考試，今天不能再玩了。

～わけが（或は）ない／不可能…；不能…

句型 用言連體形＋わけ＋が（或は）ない

說明 表示說話者依據客觀事實，對某事物所下的判斷。意思與「～はずが（或は）ない」相似。

例 あんな太った人にテニスができるわけがない／那麼胖的人打不了網球。

例 こんなに低温の夏なんだから、秋にできる米がおいしいわけがない／因為夏季氣溫太低，秋天收成的稻米不會好吃。

例 彼はあまり忙しいから、そんなことを覚えるわけがない／他太忙，不可能記得那件事。

185

～わりに（は） / …卻… ；雖然…但…

句型 「體言＋の」、用言連體形＋わりに（は）

說明 表示對事物的評價，從某一情況考慮應是這樣，然而事實並不像想像的那樣。

例 彼女は年齢のわりには若く見えます／她比實際年齡顯得年輕。

例 このお菓子は値段のわりにおいしい／這點心不貴卻很好吃。

例 李さんは慎重なわりにはよく忘れ物をする／小李很穩重，但卻常常忘東西。

～を～として / 以…為… ，把…作為…

句型 體言＋を＋體言＋として

說明 用於提示出事物的基準時。

例 ビルの建設は安全を第一条件としてしなければならない／樓房的建設應該以安全為第一要件。

例 来年大学に入ることを目標として勉強しています／以明年上大學作為目標努力用功。

例 地球は太陽を中心として回る惑星の一つである／地球是以太陽為中心旋轉的行星之一。

2級

～をきっかけに；～をきっかけにして；～をきっかけとして／以…為契機；以…為轉機；趁機…

句型 體言＋をきっかけに；體言＋をきっかけにして；體言＋をきっかけとして

説明 用於表示行為的開端。

例 病気をきっかけにタバコをやめた／以生病為契機而戒了煙。

例 旅行をきっかけに親しくなった／趁旅行的機會，關係變得親密了。

例 今日の出会いをきっかけとして、みんなといい友達になりたいです／以今天的相遇為契機，我想和大家成為好朋友。

例 ある日本人と知り合ったことをきっかけにして、日本留学を決めるようになった／因為結識了一個日本人，而決定去日本留學。

187

～を契機に；～を契機にして；～を契機として / 以…為契機，以…為開端；以…為轉機

句型 體言＋を契機に；體言＋を契機にして；體言＋を契機として

說明 用於表示行為的開端。

例 オリンピック開催を契機に経済的に発展していった / 以舉辦奧林匹克運動會為契機，經濟上越來越有發展。

例 彼は新しい就職を契機として、生活スタイルをがらりと変えた / 他以新工作為轉機，徹底改變了生活方式。

例 失敗を契機として、これからの方針を改めた / 以失敗為契機，改變了今後的方針。

例 今度の病気入院を契機として、今後は定期検診をきちんと受けようと思った / 以這次生病住院為契機，我想今後一定認真接受定期健康檢查。

2級

～を込めて／充満…；貫注…

句型 名詞＋を込めて

説明 表示帶著某種情感去做某事。

例 私はこれからは仕事に力を込めるつもりです／我打算從今以後把全部精力集中在工作上。

例 母親は子供のために心を込めて、お弁当を作りました／母親滿懷愛心，為孩子做了便當。

例 先生に感謝の気持ちを込めて、記念品を贈りました／滿懷感激之情，送給老師紀念品。

～を中心に（して）；～を中心として／以…為主；以…為中心

句型 體言＋を中心に（して）；體言＋を中心として

説明 用於提示出事物的基準。

例 彼は何でも自分を中心にしてものを考える／他不論什麼事都以自己為中心來考慮問題。

例 バスケットボールのチームは田中さんを中心にまとまりました／組成了以田中為主的籃球隊。

例 おばあさんを中心にして、家族写真を撮った／以奶奶為中心，拍了家庭照。

～を通じて；～を通して / 整個…

句型 體言＋を通じて；體言＋を通して

說明 表示時間的範圍、區域。

例 一年を通じて、ここの気候は温暖です / 這裡的氣候全年溫暖。

例 彼の主張は一生を通して変わらなかった / 他的主張一輩子都沒有改變。

例 テレビは全国を通じて放送されている / 以電視向全國播放。

～を問わず；～は問わず / 不論…；不問…；不管…

句型 體言＋を問わず；體言＋は問わず

說明 表示與所列事物無關。

例 ここは四季を問わず多くの観光客が訪れます / 這裡不論春夏秋冬，都有很多旅客來此地遊覽。

例 この問題は国の内外を問わず大きな関心を呼んでいる / 這個問題，無論是國內外都引起了很大的關注。

例 この団体は、男女、年齢は問わず、どなたでも入れます / 這個團體不分男女、不管年齡大小，誰都可以加入。

2級

190

～をはじめ（として）；～をはじめとする / 以…為首；以…為代表；…以及…

句型 體言＋をはじめ（として）；體言＋をはじめとする＋體言

説明 用於表示事物的起點。

例 ご両親をはじめ、ご家族の皆さんによろしくお伝えください / 向您的父母以及全家人問好。

例 日本では野球をはじめとして、いろいろなスポーツが盛んです / 在日本以棒球為主，各種體育活動都很盛行。

例 上野動物園には、パンダをはじめ、いろいろな動物がいる / 上野動物園裡有以熊貓為首的各種動物。

～をめぐって；～をめぐり / 圍繞著…；關於…

句型 體言＋をめぐって；體言＋をめぐり

説明 表示引起爭論和議論的中心議題。

例 外国語の教え方をめぐって、さまざまな意見が出た / 關於外語教學問題，提出了各式各樣的意見。

例 この規則の改正をめぐって、まだ議論が続いている / 關於這個規則的修改，至今仍爭論不休。

例 親の遺産をめぐり、兄弟が争っている / 關於父母的遺産，兄弟姐妹正爭奪著。

～をめぐる～ / 圍繞著…；關於…

句型 體言＋をめぐる＋體言

說明 表示引起爭論和議論的中心議題。

例 彼女をめぐるうわさは多い / 關於她的風言風
語不少。

例 留学生をめぐる諸問題を中心に考えていきた
い / 我想以留學生的種種問題為中心探討一
下。

例 クラスで日本語問題をめぐる討論会が開かれ
ている / 在班上正圍繞著日語問題展開討論
會。

～に相違ない / 一定…

句型 體言、用言連體形＋に相違ない

說明 該句型與「に違いない」意思相同，表
示根據一定的依據進行推斷，帶有「確定」
「斷定」的語氣，是一種書面用語。

例 これは私のなくした自転車に相違ない / 這一
定是我弄丟的自行車。

例 彼はもう帰国したに相違ない / 他一定已經回
國了。

例 留守中に家に来たのは中村さんに相違ない /
中村一定是在我不在家時來的。

～いかん（如何）で；～いか（如何）によって／根據…而…；根據…

句型 體言（の）＋いかん（如何）で；體言（の）＋如何によって

說明 表示前後的對應關係。用法與「次第で」相同。

例 言葉の使い方如何で、会話の雰囲気は大きく違ってしまう／由於表達方式不同，談話的氣氛會有很大區別。

例 自分の努力の如何によって、成功もし失敗もします／由於努力不同，會有成功也會有失敗。

例 商品の説明のしかた如何で、売れ行きに大きく差が出てきます／商品的說明方式如何，對銷售會產生很大差異。

～いかんだ／取決於……；根據……而定

句型 體言＋いかんだ

說明 與「次第だ」意思相同，表示「根據……」「根據……而不同」的意思。

例 その問題をどう解決するかは君の考えいかんだ／如何解決那個問題取決於你的意見。

例 この企画が成功するかしないかは天気いかんだ／這項計畫能否成功取決於天氣。

例 今度の事件をどう扱うかは校長の考えかたいかんだ／這次的事件怎麼處理，完全按校長的想法辦理。

～う（よう）か～まいか / 是…還是不…

句型 動詞未然形＋う（よう）か＋五段動詞終止形、非五段動詞終止形或連用形＋まいか

說明 表示在進行行為、動作的選擇時，不知哪一種較好。

例 この話を親に言おうか言うまいかと迷った / 我猶豫著要不要把這件事告訴父母。

例 休みに国へ帰ろうか帰るまいか考えています / 正在考慮放假要不要回國。

例 彼に告白しようかするまいか一晩考えました / 要不要向他表白呢，我想了一個晚上。

例 父の言葉に従おうか従うまいかと迷っている / 我正在猶豫要不要聽從父親的話。

例 手紙をあけてみようかみまいかと迷っている / 正在猶豫要不要打開信件看。

例 話そうか話すまいか一晩考えました / 要不要說呢？我想了一個晚上。

～ないものでもない / 不見得不會……；倒也是……；也不是不能……

句型 動詞未然形＋ないものでもない

說明 表示比較保守、消極的肯定。

例 一生懸命頼めばやってくれないものでもない / 拼命地求他的話，也不見得不肯做。

例 努力さえすれば、成功できないものでもない / 只要肯努力不見得不會成功。

例 修理できないものでもないんですが / 不見得不會修理。

～かたがた / 同時…；順便…

句型 名詞、動詞連用形＋かたがた

說明 表示做某事順便做另一件事，或者表示為了兩個目的而進行某種行為、動作。多用於鄭重其事的場合。

例 買い物かたがた本屋に寄ってきました / 購物時，順便去了書店。

例 出張かたがた京都を観光した / 借出差的機會，順便參觀了京都。

例 買い物に行きかたがた、市場調査をする / 去買東西，順便做市場調查。

～かたわら（傍ら）／一邊…一邊…

句型 名詞、動詞連體形＋かたわら

説明 表示在較長的一段時間裡同時做兩件事情，從事主業的同時兼做副業。

例 大学で勉強するかたわらアルバイトをしている／一邊上大學，一邊打工。

例 母は家事をする傍ら、小さな店を経営しています／母親一邊做家務，一邊經營小店鋪。

例 私は仕事をするかたわら、小説を書いている／我一邊工作，一邊寫小說。

例 兄は農業のかたわら、近くの工場で働いています／哥哥一邊務農，一邊在附近的工廠工作。

～がてら／…，順便…

句型 名詞、動詞連用形＋がてら

説明 表示附帶，指做某件事時順便又做另一件事。

例 散歩がてらスーパーによってアイスクリームを買ってきた／散步時，順便去超市買了冰淇淋。

例 汽車の切符を買いがてら駅前の本屋に行った／買火車票，順便去了站前書店。

例 留学生と遊びがてら会話を練習する／跟留學生一起玩，順便練習會話。

例 天気のいい日は運動がてら、会社まで歩いていくことにしています／天氣好的時候，我就走路到公司，順便運動運動。

～からある；～からの / …以上；…多；竟然…

句型 数量詞＋からある；数量詞＋からの

説明 用於強調數量之多。

例 この川は深いところは10メートルからある /
這條河深的地方有10公尺。

例 今度の地震で八千人からの死傷者が出た / 這
次地震死傷人數達八千多人。

例 彼は職員が2000人からある大企業で働いてい
る / 他在職員多達2千人的大企業工作。

～極まる / 極其……；極端……；極……

句型 形容動詞語幹＋極まる

説明 接在「無作法」「丁重」「不愉快」等
形容動詞語幹後，表示極端的程度，是鄭重
的書面用語。

例 全く失礼極まる態度だ / 真是極其無禮的態
度。

例 彼の失礼極まる態度には腹が立った / 他那極
其失禮的態度令人氣憤。

例 あの従業員の態度は無礼極まる / 那個員工的
態度極其無禮。

1
級

199

～嫌いがある / 有點兒……；有……的傾向

句型 用言連體形、體言＋嫌いがある

說明 指容易出現某種傾向。

例 どうもあの人の話はいつも大げさになる嫌いがある / 他的話經常有誇大之嫌。

例 最近の学生は自分で調べず、すぐ教師に頼る嫌いがある / 最近的學生自己不肯查詢，有依賴老師的傾向。

例 彼は小さなことに拘わり過ぎる嫌いがある / 他有些過度拘泥於小事。

～如し；～如き；～如く / 如同……；和……一樣

句型 動詞過去式、「體言＋の」＋如し

說明 「如し」是文語比況助動詞，現在只作為書面用語。「如き」是連體形，「如く」是連用形。

例 結論は予想したごとくだった / 結論如同預料的一樣。

例 速きこと風の如し、動かざること山の如し / 快如風，穩如山。

例 光陰矢の如し / 光陰似箭。

200

～ことなしに / 不…就…；沒…就…

句型 動詞終止形＋ことなしに

說明 表示否定前項，敘述後項。一般用於鄭重其事的場合。

例 努力することなしに、いい成績が取れるわけがない / 不努力，就不可能取得好成績。

例 君が謝罪することなしに、相手と和解できない / 你不道歉，就無法和對方和解。

例 その問題はお互いの心を傷つけることなしに解決できた / 那個問題未傷害彼此的心，就能夠解決。

～始末だ / 落得……的下場；導致……的狀態

句型 動詞連用形＋始末だ

說明 表示不好的事情終於導致不好的結果。

例 手が痛くて、箸も持てない始末だ / 手痛得連筷子都拿不起來了。

例 さんざんな失敗に終わったという始末だ / 落得慘敗的結局。

例 しまいには泣言を言う始末だ / 最終竟發起牢騷來了。

例 いつも親と喧嘩ばかりして、ついには家出する始末だ / 經常和父母吵架，終於導致離家出走。

～ずくめ（だ或の）／ 清一色都是……

句型 名詞＋ずくめ（だ或の）

説明 表示清一色、完全的意思。

例 そのパーティーに彼は上から下まで黒ずくめ
の服で現れた／他穿著從上到下清一色的黑衣
服出現在宴會上。

例 軍隊では規律ずくめの生活を強いられたもの
だ／在軍隊迫使人們過著鐵的紀律般的生
活。

例 今日の夕食は新鮮なお刺身やいただきものの
海老などごちそうずくめだった／今天的晚餐
又是新鮮的生魚片，又是別人贈送的蝦，盡
是些美味佳肴。

例 毎日毎日残業ずくめで、このままだと自分が
磨り減っていきそうだ／每天、每天全都在加
班，這樣下去自己也會身心疲憊。

1級

202

～ずには（或ないでは）済まない / 不能不……；非得……不可

句型 動詞未然形＋ずには（或ないでは）済まない

說明 表示按社會準則或自己的心情必須做某事，與「ずにはいられない」意思基本上相同。

例 検査の結果によっては手術せずには済まないだろう / 根據檢查的結果，看來不動手術不行。

例 このことは本人が行って謝らずには済まないだろう / 這件事非得本人去道歉不可。

例 彼は怒っているよ。僕らが謝らないでは済まないと思う / 他好像很生氣，我想我們必須向他道歉。

例 ここまで知られてしまったからには本当のことを話さずには済まないだろう / 既然別人已經瞭如指掌，那就不得不說出實情了吧。

～ずには（或ないでは）おかない / 不能不……；一定……

句型 動詞未然形＋ずには（或ないでは）おかない

說明 表示不做到某事不罷休，必須做某事的強烈心情、欲望等。

例 あんなひどいことをした人には罰を与えずにはおかない / 對做出這麼過分事情的人不能不給予處罰。

例 あの映画は見る人の胸を打たずにはおかない / 那部電影無法不打動觀眾的心弦。

例 今回の大地震は住民の不安にさせないではおかない / 這次大地震一定令居民感到不安。

～そばから～ / 隨…隨…；剛一…就…

句型 動詞連體形＋そばから～

說明 表示同時，意思是前後兩個動作幾乎同時發生。

例 最近は年のせいか、聞いたそばから忘れてしまう / 最近大概是年齡的原因，隨聽隨忘。

例 掃除をしたそばから子供に汚される / 剛收拾好，孩子就弄髒了。

例 種を撒くそばからカラスがそれをほじくる / 剛播上種子，烏鴉就啄開。

ただ～のみだ（或だけだ）/ 只……；僅……；只有……；只是……

句型 ただ＋用言連體形、體言＋のみだ（或だけだ）

說明 「ただ」是副詞，含有「ほかのことをしない、そのことだけをする」的意思，相當於中文的「只」「僅」，強調程度之低。「のみ」表示限定，與「ただ」相呼應，表示把事物局限在一定的範圍內。此句型屬於書面用語。

例 マラソン当日の天気、選手にとってはただそれのみが心配だ / 馬拉松比賽當天的天氣如何，對於選手來說只有這一點是最關心的。

例 ただ厳しいのみではいい教育とは言えない / 僅僅是嚴屬並不能算是良好的教育。

例 筆記試験も面接も終わった、あとはただ合格発表を待つのみだ / 筆試、面試都結束了，最後只等成績發表了。

～だに / 連…；甚至…；光是…就…

句型 體言、動詞終止形、助詞＋だに

說明 用於舉出輕微事例，然後類推其他之時。

例 木一本だに植えていない / 連一棵樹也沒有種。

例 想像するだに恐ろしい / 光是想像就很可怕。

例 星一つだに見えない / 連一顆星星都沒有。

～が最後；～たら最後 / 一旦…就沒辦法了；要是…就完了

句型 動詞過去式＋が最後；動詞連用形＋たら最後

說明 表示某一既定條件實現後的最終結局、最後下場。多指不好的結局。

例 あの男ににらまれたが最後だ / 你要是叫他給盯上那可就完了。

例 これはなくしたが最後、二度と手に入らない宝物だ / 這是一旦丟了就再也弄不到手的寶貝。

例 あの人は言い出したら最後、後へ引かない / 那個人一旦說出口了，就決不讓步。

～たりとも / 即使…也…；就是…也…

句型 表示數量的名詞＋たりとも

說明 表示全面否定，指即使最小的量也無法容許之意。多作為書面用語。

例 米の一粒たりとも無駄にしない / 連一粒米也不浪費。

例 一刻たりとも油断できない / 就連一刻也不能疏忽大意。

例 工事は一日たりとも遅らせることはできない / 工程哪怕一天也不能延誤。

～たる～ / 作為…；身為…

句型 體言＋たる＋體言

說明 表示判斷事物的立場。「たる」是文語斷定助動詞「たり」的連體形，用作書面用語，同口語的「～である～」。

例 学生たるものが勉強もしないで、遊んでばかりいてはいけない / 作為學生，不應該光玩不用功。

例 公務員たる一人一人が、責任感を持つべきだ / 身為公務員，每一個人都應該具有責任感。

例 大統領たる者は身辺潔白でなければならない / 身為總統必須廉潔清白。

～つ～つ / 一面…一面…；一會兒…一會兒…；…來…去

句型 動詞連用形＋つ＋動詞連用形＋つ

說明 表示兩個動作輪流進行。為書面用語。

例 選手たちは追いつ追われつ走った / 選手們你追我趕地奔跑。

例 電車の中は混んでいて、押しつ押されつ、たいへん苦しかった / 電車裡非常擁擠，被推來推去，難過死了。

例 変な男の人がうちの前を行きつ戻りつしている / 一個奇怪的男人在家門前走過來走過去。

～っぱなし ／ …放置不管；…置之不理

句型 動詞連用形＋っぱなし

說明 表示持續，並引申為放任不管之意，往往帶有消極意義。

例 アイロンを付けっぱなしで出てしまった ／ 電熨斗通著電就出門去了。

例 弟は最近勉強もしないで遊びっぱなしです ／ 弟弟近來不肯用功，一個勁地玩。

例 仕事をやりっぱなしにして、どこかへ行ってしまった ／ 工作還沒做完，就不知跑到哪兒去了。

～であれ～であれ ／ 無論…還是…；…也好…也好

句型 體言、形容動詞語幹＋であれ＋體言、形容動詞語幹＋であれ

說明 表示所舉出的例子都包括在內。多作為書面用語。

例 着るものであれ食べるものであれ、無駄な買い物は止めたいものだ ／ 穿的也好，吃的也好，不想買沒用的東西。

例 先生であれ学生であれ、悪い事は悪いと言う ／ 不管是老師，還是學生，不對的就要說不對。

例 静かであれ賑やかであれ、駅から近ければいい ／ 不管安靜，還是熱鬧，只要離車站近就行了。

～であろうと～であろうと / 無論…還是…；…也好…也好

句型 體言、形容動詞語幹＋であろうと＋體言、形容動詞語幹＋であろうと

説明 表示所舉出的例子都包括在內。多作為書面用語。用法與「～であれ～であれ」基本上相同。

例 雨であろうと風であろうと、計画通り行う / 不管刮風下雨，都按計畫進行。

例 男性であろうと女性であろうと、みんなこのゲームが好きです / 無論男女，都喜歡這個遊戲。

例 ビールであろうとウイスキーであろうと、酒は何でも好きだ / 不管是啤酒，還是威士忌，凡是酒都喜歡。

例 デザインであろうと色であろうと、この服が一番気に入る / 不論款式也好，顏色也好，最中意的就是這件衣服。

～てからというもの / 自…之後；…以來，一直…

句型 動詞連用形＋てからというもの

說明 強調自從某時以後，就和從前完全不一樣。多作為書面用語。

例 結婚してからというもの、夫と映画を見に行ったことがない / 結婚之後再沒有和丈夫一起看過電影。

例 子供ができてからというもの、ゆっくりテレビを見たこともない / 有了孩子之後，就沒有悠閒地看過電影。

例 日本に来てからというもの、彼は無口になった / 到日本之後，他變得沉默寡言。

例 コンピューターを買ってからというもの、弟はゲームに夢中になっている / 自從買電腦之後，弟弟就沉迷於玩遊戲。

1級

～てからというもの（は）／ 自從…之後…

句型 動詞連用形＋てからというもの（は）

説明 這個句型類似於「～てから」，用於敘述某一行為、動作發生後，事態產生了某種變化的場合。屬於書面用語。

例 タバコを止めてからというもの、食欲が出て、体の調子がとてもいい／戒煙之後，食欲增加，身體感覺很好。

例 彼はその人に出会ってからというもの、人が変わったようにまじめになった／自從遇到那個人，他像變了個人似的，做事很認真。

例 就職してからというものは、休む暇がなかった／自從就業以後，就一直沒有休息時間。

例 七十歳を過ぎても元気だったのに、去年連れ合いをなくしてからというものは、すっかり衰えてしまった／年過七十仍很健康，可是自從去年老伴去世之後，身體就徹底垮了。

～でなくて何だろう（或でしょう）/ 不是……又是什麼呢？

句型 體言＋でなくて何だろう（或でなくて何でしょう）

說明 這是一種反問句的形式，形式上是否定推測句，實際上是肯定句，較一般的肯定語氣強，表示所斷定的事物就是這個而不是別的。

例 これこそ事実でなくて何だろう / 這不是事實，又是什麼？

例 これこそ証拠でなくて何だろう / 這不是證據，又是什麼？

例 これが愛でなくて何だろう / 這不是愛，又是什麼？

例 これは世界観の問題でなくて何でしょう / 這不是世界觀的問題，又是什麼呢？

～てやまない / 非常（渴望）……

句型 動詞連用形＋てやまない

說明 「やまない」是動詞「やむ」的否定形，表示「不停」「不止」的意思。該句型表示「十分迫切地希望」的意思。多用於表示對對方的祝願、希望、請求，強調這種心情不變。常和「祈る」「ねがう」「希望する」搭配使用，一般用於現在式。

例 諸君のこれからの活躍を期待してやみません / 衷心期望諸位今後大有作為。

例 事業の発展を念願してやみません / 衷心祝願諸位事業有所發展。

例 一層のご協力を切望してやみません / 渴望您能進一步協助。

例 交易会自体の成功を祈念するとともに、日本からの参加者がよい成果を収められることを期待してやまない / 祝願交易會本身能夠成功，並期望來自日本的參加者能得到豐碩的成果。

1 級

213

〜とあいまって / 再加上…；與…一起；隨著…

句型 體言＋とあいまって

說明 表示前後兩項互起作用而產生更大的效果。

例 彼女は知性と美貌とあいまって、すばらしい俳優となった／她理性和美貌交相輝映，成了出色的演員。

例 好天とあいまってこの日曜日は人手が多かった／這個星期天正好碰上好天氣，所以人非常多。

例 彼の努力が才能とあいまって、見事に成功した／由於他的努力，再加上才能，而得到了豐碩的成果。

例 父親の励ましが母親の愛情とあいまって、彼の病状は快方に向かっている／父親的鼓勵，加上母親的愛，他的病情有了好轉。

例 日本の山の多い地形が島国という環境とあいまって、日本人の性格を形成していると言ってもいい／可以說日本多山的地形，加上島國的環境，形成了日本人的性格。

1級

214

〜といい〜といい / 無論…還是…;…也好…也好;論…論…

句型 體言＋といい＋體言＋といい

說明 用於從不同的角度和事例來評價某事物。

例 このメロンは、味といい香りといい、最高だ / 這種香瓜無論甜味也好，香味也好都是最好的。

例 彼は実力といい人柄といい、理想的な指導者だ / 論實力也好，論人品也好，他都是理想的領導者。

例 寿司といいすき焼といい、日本料理は何でも好きだ / 壽司也好，壽喜燒也好，任何日本料理我都喜歡。

〜という（或といった）ところだ / 大致是……

句型 體言＋という（或といった）ところだ

說明 表示範圍、程度、情況，用於說明事物達到某種程度。

例 時給は700円から1000円というところだ / 時薪大概是700至1000日圓。

例 帰省？まあ、2年に一回といったところだ / 回家？差不多兩年一趟吧。

例 先頭の選手はゴールまであと一息というところです / 最前面的選手距離終點還差一點。

～といったらありゃしない；～といったらありはしない / 就別提有多麼的……；無比地……

句型 體言、形容詞＋といったらありゃしない；體言、形容詞＋といったらありはしない

說明 表示極端的程度，與「といたらない」的意思基本上相同，用於消極方面的評價。

例 このごろあちこちで地震があるでしょ？恐ろしいといったらありゃしない / 最近到處都發生地震是吧？就別提有多麼可怕了。

例 この年になってから、一人暮らしを始める心細さといったらありはしない / 到了這個年紀才開始獨自一人生活，就別提有多麼害怕了。

例 朝から晩まで同じことの繰り返しなんて、ばかばかしいといったらありゃしない / 從早到晚只重複著同一件事，沒有比這更傻的了。

例 彼女はこっちが立場上断れないと分かっていて、わざといやな仕事を押し付けてくるのだ。悔しいといったらありはしない / 她知道從我的立場上很難拒絕，故意將不喜歡的工作強加於我。就別提我有多懊悔了。

～といったらない；～といったらありません；～といったらございません / 就別提有多……；無比地……

句型 體言、形容詞＋といったらない（或といったらありません或といったらございません）

說明 表示極端的程度、無與倫比，相當於「とても言い表せ得ないほど～だ」的意思。既可以用於積極方面的評價，也可以用於消極方面的評價。

例 一人だけ家に残されて、その寂しさ<u>といったらございません</u> / 家裡只剩下我一個人，就別提有多寂寞了。

例 強盗に包丁を突きつけられたときの恐ろしさ<u>といったらなかった</u> / 當強盜亮出菜刀時，就別提有多可怕了。

例 花嫁衣裳を着た彼女の美しさ<u>といったらなかった</u> / 新娘裝扮的她，就別提有多美了。

例 家は都心から遠いし、バスもまだそこまで通っていません。その不便さ<u>といったらございません</u> / 家離市中心又遠，公車也還沒通到那裡，別提有多不方便了。

～といわず～といわず / 無論…還是…；不管是…還是…

句型 體言＋といわず＋體言＋といわず

說明 表示前後兩項都包括在內。

例 洪水で、家の中といわず外といわず、泥だらけだ / 由於洪水，無論是屋裡還是屋外，都是泥土。

例 あの学生は昼といわず夜といわず、アルバイトをしている / 那個學生不分晝夜地打工。

例 彼は頭といわず足といわず、傷だらけで帰ってきた / 無論是頭還是腳上，他回來的時候滿身都是傷。

～（か）と思いきや / 不料…；原以為…可…

句型 用言終止形＋（か）と思いきや

說明 表示後面的事實與預料的相反。此說法比較老舊，為書面用語。

例 あの二人は仲のいい夫婦だと思いきや、突然離婚してしまった / 以為他們兩個人是恩愛夫妻，想不到突然離婚了。

例 雨が止んだかと思いきや、また降り出した / 原以為雨停了，想不到又下起來了。

例 あきらめると思いきや、またやりだした / 以為他就此罷休了，沒想到又做起來了。

～ときたら／提到…；談到…

句型 體言＋ときたら

說明 表示話題，用於提到某事時帶有不滿、責怪的語氣時。

例 家内ときたら、料理が下手でしようがないです／提起我妻子，飯菜做得差到不行。

例 この自動販売機ときたらよく故障する／提起這臺自動販賣機，老是故障。

例 あの店ときたらサービスが悪くてね／說到那家店，服務真是差勁。

例 うちの子ときたらテレビの前から動かないんですよ／說到我的孩子，整天在電視機前動也不動的。

例 今の若い者ときたら、老人に席を譲ろうともしない／說起現在的年輕人，都不願意讓座給老年人。

1級

219

ところで～／那麼…；另外…

句型 句子、段落＋ところで＋句子、段落

說明 此句型既可以用於談話，也可以用於文章中。談話時用於前後句子的連接，書寫文章時多用於段落的連接。表示由前一個話題轉換到另一個話題，或者表示對前一個話題的內容進行追加和延伸等。有時可不譯出。

例 やっと夏休みだね。ところで、今年の夏休みはどうするの？／終於到了暑假。那麼，今年暑假你準備做什麼？

例 申請のための提出書類については、お渡しした説明書に詳しく書いてありますから、よくご覧ください。ところで、現在はどんなビザを持ちですか／有關要填寫的申請資料等事宜，在我交給你的說明書上寫的很詳細，請仔細閱讀。另外，你現在持有怎樣的簽證呢？

例 もうすぐ卒業ですね。ところで、卒業記念に何か思い出に残るようなことしたいんですが、いいアィディアはありませんか／就要畢業了。作為畢業紀念，我想做點值得回憶的事情，你有什麼好的想法沒有？

例 ところで、先日お願いしました件はどうなりましたか／那麼，前些時候拜託的事怎麼樣了？

～ところを / 正在…的時候；在…之中

句型 「名詞＋の」、用言連體形＋ところを

説明 表示在某種狀況下。

例 お休みのところをお邪魔してすみません / 在休息時間打擾您，真對不起。

例 お忙しいところをご出席くださり、ありがとうございます / 謝謝您在百忙之中光臨。

例 危ないところを助けられた / 危險之中，被人救了。

～としたって；～にしたって / 即使…也…

句型 體言＋としたって；體言＋にしたって

説明 表示舉一例並暗示其他，是一種口語形式。

例 この問題にしたって同じだ / 即便是這個問題也一樣。

例 この時期我が家にしたって忙しいよ / 這個時候即使是我們家也非常繁忙。

例 高校生としたって、体は立派な大人だ / 雖然是個高中生，但體格已經跟成年人一樣棒了。

～としたところで；～にしたところで / 即便是…也…

句型 體言＋としたところで；體言＋にしたところで

說明 表示舉一例並暗示其他。

例 私としたところで、名案があるわけではない / 即便是我也沒有什麼好主意。

例 薬はもちろんだが、ビタミン剤にしたところで副作用はあると思う / 我認為藥品就不用說了，即便是維生素也有副作用。

例 企業の経営者としたところで、これほど不況が長引くとは思ってもみなかったでしょう / 即使是企業經營者，也沒想到不景氣的狀況會持續這麼長的時間。

～とは / 竟然…；居然…

句型 常體句子＋とは

說明 用於對耳聞目睹的某情況感到驚訝或感嘆時。

例 このわたしがA大学に入学できたとは / 我居然能考上A大學（真難以置信）。

例 ここで君に会うとは / （沒想到）竟然在這兒遇見你。

例 あの人が泥棒だとは / （沒想到）他竟是個小偷。

1
級

とはいえ～ / 雖說……；但是……

句型 句子＋とはいえ＋句子

說明 此為慣用片語，可以直接接在前項詞語後，相當於接續助詞，也可以作為接續詞，單獨用來連接句子。用於在承認前項所述事物的前提下，講述那些與此相悖或有所出入的事情時。屬於書面用語。

例 実験は一応成功した。とはいえまだまだ努力しなければならない／雖說實驗取得初步的成功，但是仍需不斷努力。

例 生徒の非行には家庭環境が強く影響する。とはいえ学校教育のあり方に責任の一端もある／發生在學生身上的不良行為，雖說與家庭環境的影響有著密切的關係。但學校教育方式，也應負一定的責任。

例 前進途上には曲折や反復がある。とはいえ進歩に反対する逆流は発展しつつある人類社会の主流を押しとどめることができない／在前進的道路上雖然說會有曲折和反覆，但是反對進步的逆流，不可能阻擋人類社會不斷發展的主流。

1 級

～とばかりに / 幾乎要說……

句型 用言、助動詞終止形、動詞命令形＋と
ばかりに

說明 表示雖然沒有說出口，但從動作上已
經明顯表現出某種態度。多用於表達某種狀
態，不能用於說話者本身。

例「郷に入って郷に従え」とばかりにデパート
が外資系の企業に働きかけるほどである / 百
貨公司幾乎要勸外資企業「入鄉隨俗」。

例 彼はお前も読めとばかりに、その手紙を机の
上に放り出した / 他把那封信扔在桌子上，意
思是說叫你も讀一讀。

例 失敗したのは私のせいだとばかりに、彼は私
を叱った / 他叱責我，幾乎要把失敗的原因
歸咎到我身上。

例 彼に続けとばかりに、男たちは川へ飛び込ん
だ / 他幾乎緊隨其後，男人們都跳進了河
裡。

例 あの子はお母さんなんか嫌いとばかりに、家
を出て行ってしまいました / 那個孩子似乎是
討厭媽媽，就離家出走了。

～ともあろう～ / 身為…卻…；堂堂的…；像…樣的

句型 體言＋ともあろう＋體言

說明 用於評價人或物，表示結果與該人或物不相稱。

例 学者ともあろう者が、汚い言葉を言い出すとは信じられない／身為學者卻滿口髒話，讓人難以置信。

例 有名な会社の社長ともあろう人が、そんな無責任な話をしてはいけない／身為著名公司的社長，不應該說那種不負責任的話。

例 新聞記者ともあろう人が、それを知らないはずがない／作為新聞記者，不會不知道那件事。

～ともなく / 無意間…；不知不覺中…

句型 動詞終止形＋ともなく

說明 表示並非刻意、有目的地進行的，而是自發地進行的動作。

例 朝早くおきて、どこへ行くともなく、歩き出した／早晨早早起身，漫無目的地信步而行。

例 言うともなく言った言葉が彼女を傷つけてしまった／無意中說的一句話，傷了她的心。

例 見るともなく外を見ると、流れ星が見えた／不經意地望了望窗外，看到了流星。

～ともなしに / 無意中…；不知不覺中…

句型 動詞終止形＋ともなしに

説明 表示並非刻意有目的地進行的，而是不自覺地進行的動作。

例 聞くともなしに隣の人の話を聞いてしまった / 無意中聽到了旁人的談話。

例 見るともなしに外を見ていたら、知り合いが通りかかった / 不經意往外看時，一個熟人走了過去。

例 遊んでいる子を見るともなしに見ていると、急にけんかを始めた / 無意中看到正在玩耍的孩子，突然吵起架來了。

～ともなると / 若…就…；要是…話；至於…

句型 體言、動詞連體形＋ともなると

説明 用於提起話題，表示站在某一立場的行為。

例 大学四年生ともなると、就職とその他で大忙しだ / 要是到了大學四年級，就會因為就業和其他活動而非常忙碌。

例 新しい車を買うともなると、200万円くらい必要だ / 要是買新車的話，大約需要200萬日圓。

例 冬ともなると、ここは一面の銀世界になる / 若是到了冬天，這裡就是一片銀色的世界。

~ともなれば / 提起… ; 要是…話 ;
一當上… ,

句型 體言、動詞連體形＋ともなれば

說明 用於提起話題，表示具備了某資格、地位或達到某種程度的行為。

例 敬語を使うともなれば難しいですよ / 說起使用敬語，那可是很難的。

例 自分がお母さんともなれば、こんなわがままを言っていられなくなるだろう / 一旦自己做了媽媽，就不會這麼任性了吧。

例 春ともなれば、こんなに寂しく感じられなくなるでしょう / 要是到了春天，就不會讓人感到這麼寂寞了吧。

~ないまでも / 雖然不… ; 即使沒有…也…

句型 動詞未然形＋ないまでも

說明 表示即使沒有達到某種程度，但起碼也應該達到了下一級的程度。

例 完璧とは言えないまでも、かなりの水準に達している / 即使不能說是十全十美，也達到了相當高的水準。

例 成功とは言えないまでも、失敗ではない / 雖然沒有成功，但也不能說是失敗。

例 全部できないまでも、できるだけやろう / 即使不能全都做，但會盡量多做一點。

～かぎりで；～かぎりに / 限於…；…為止

句型 體言＋かぎり

說明 「かぎり」直接接在表示時間、次數、場面、場所等名詞、數詞之後，表示限定的意思。

例 彼女は今年かぎりで定年退職することになっている / 她今年年底退休。

例 今の話はこの場かぎりで、忘れてください / 剛才的話只在這裡說，你就忘了吧。

例 移転するので、新聞配達は十五日かぎりにお願いします / 因為要搬家，所以報紙請送到十五日為止。

～ながら（も）/ 雖然…但是…；…卻…；…可是…

句型 名詞、動詞連用形、形容詞終止形、形容動詞語幹、副詞＋ながら（も）

說明 表示逆接，與「のに」「けれども」「が」語氣相近，而且前面接的動詞一般情況下多表示狀態。

例 残念ながらパーティーに出られません / 很遺憾，不能參加宴會。

例 ゆっくりながらも仕事は少しずつ進んでいる / 雖然緩慢，但工作一點一點地進展著。

例 金持ちながらもとても地味な生活をしている / 雖然是個有錢人，卻過著非常樸素的生活。

～ながらに／…著；一如原樣地…

句型 體言＋ながらに

說明 表示持續的狀態和樣子。

例 兄弟は涙ながらに対面した／兄弟們流著淚見了面。

例 故郷は昔ながらにのどかだった／故郷和過去一樣很恬靜。

例 この子は生まれながらに、音楽の才能があった／這個孩子天生就有音樂才能。

例 彼は自分の不幸な過去を涙ながらに物語った／他流著眼淚講述了自己不幸的過去。

～ならでは／僅有…；只有…

句型 體言＋ならでは

說明 用於限定條件時。

例 当店ならではのすばらしい料理をお楽しみください／請品嘗只有本店才有的精美菜肴。

例 彼ならでは不可能なことだ／只有他不可能做出這種事情。

例 これは日本ならではの夏の風情だ／這是日本獨有的夏季風情。

例 この絵には子供ならでは表せない無邪気さがある／這幅畫表現出只有孩子才會有的那份天真。

～なり / 一…就… ; 剛一…就馬上…

句型 動詞終止形＋なり

説明 表示剛做某一動作，立刻就發生下一個動作。

例 子供は母親の顔を見るなり、大声で泣き出した / 孩子一看見母親的臉，就大聲哭起來了。

例 家に帰るなり、寝てしまった / 剛一到家，馬上就睡著了。

例 マラソンの選手はゴールのテープをきるなり、倒れてしまった / 馬拉松選手剛衝過終點線，就倒下來了。

～なり～なり / 或是…或是… ; …也好…也好

句型 體言、動詞終止形＋なり＋體言、動詞終止形＋なり

説明 表示並列，可以從並列的幾項中選擇一項。

例 あなたなりわたしなり、誰か行かなければなりません / 或是你，或是我，總得有一個人去。

例 お茶なりコーヒーなり、何か飲みたい / 茶也好，咖啡也好，好想喝點什麼。

例 要らないものは片付けるなり、捨てるなりしてください / 不需要的東西，或者處理掉，或者扔掉。

～なりの；～なりに / …那樣；…那般

句型 體言＋なりの；體言＋なりに

說明 表示動作主體獨特的、與之相應的狀況。

例 これは私なりに考えて出した結論です / 這是我自己經過考慮後得出的結論。

例 子供には子供なりの考えがある / 小孩子有小孩子的想法。

例 人にはそれぞれ、それなりの事情というものがある / 人各有各自的情況。

～にあって / 在…；處於…

句型 體言＋にあって

說明 表示處於某種狀態，或處於某個時期。

例 コンピューターは情報社会にあって、必要な教養となっている / 在資訊社會裡，會使用電腦已經成為不可缺少的技能。

例 今、この国は経済成長期にあって、人々の表情も生き生きとしている / 目前，這個國家正處於經濟成長期，人們看起來也很有活力。

例 先生は病床にあって、なおも学生のことを気にかけている / 老師在病床上依然惦記著學生的事。

～にいたると；～にいたっては / 至於…；談到…

句型 體言＋にいたると；體言＋にいたっては

說明 表示話題談到、涉及到某種事物的話，情況是這樣的。

例 吉野の春の桜にいたっては、ただこれはこれはと驚くばかりである / 談到吉野春天的櫻花，只有令人讚歎不已。

例 ことここに至ってはどうしようもない / 事已至此，無計可施。

例 孫に至っては、おばあちゃんの名前も知らない / 至於孫子，連奶奶的名字也不知道。

～に至る / 達到……；到……

句型 動詞連體形＋に至る

說明 表示最終結果所達到的程度，多作為書面用語。

例 交渉の結果、協定に調印するに至る / 談判的結果，終於在協定上簽了字。

例 両国は軍事衝突するに至った / 兩國終於發生了軍事衝突。

例 ABC商社は拡大を続け、海外進出するに至った / ABC商社不斷擴大，終於進軍海外。

～に関わる / 關係到…；涉及到…

句型 體言＋に関わる

說明 表示與某事有關係，多與不好的後果有關。

例 これは私の名誉に関わる問題である／這是關係到我的名譽的問題。

例 医者という職業は人の命に関わる仕事です／醫生這種職業，是關係到人的性命的工作。

例 これは今度の試合の勝敗にかかわる重要な問題です／這是關係到這次比賽勝負的重要問題。

～にかたくない / 不難……

句型 體言＋にかたくない

說明 表示某件事情不難做到，多以「想像にかたくない」的形式作為慣用句來使用。

例 その時彼女がどんなにつらかったのは想像にかたくない／可想而知那時她是多麼痛苦。

例 彼が親の死後どうしたか想像にかたくない／可想而知他在父母死後情況會怎樣。

例 子を失った親の悲しみは想像にかたくない／可想而知失去孩子的父母有多麼悲傷。

～にして / 甚至…；連…都…

句型 體言＋にして

說明 強調某種的狀態。

例 こんな辺鄙な田舎にしてファストフードの店がある / 連這麼偏僻的農村都有速食店。

例 この親にしてこの子あり / 有什麼樣的父母就有什麼樣的孩子。

例 この仕事は一日にしてはできない / 這個工作一天做不完。

例 これは天才の彼にして解決できなかった問題である / 這是連他這樣的天才也無法解決的問題。

～にして、はじめて / 到…才…；只有…才…

句型 體言＋にして、はじめて

說明 表示到了某種狀態才如何之意。

例 こんな絵は純真な子供にして、はじめて描けるのだ / 這樣的畫，只有純真的孩子才能畫得出來。

例 こういう勇敢な行動はあの人にして、はじめてできることだ / 如此勇敢的行動只有他才能做到。

例 人間60歳にして、はじめてわかることもある / 也有些事是要活到60歲才能明白的。

例 進学指導は経験豊かな青木先生にして、はじめてできることだ / 升學指導只有經驗豐富的青木老師才能做。

～に即して；～に即する / 按…；符合…的

句型 體言＋に即して；體言＋に即する＋體言

說明 表示以某一事物為準則或標準而行動。

例 時代の変化に即する経営方針を求める / 探索符合時代變化的經營方針。

例 現行の法律に即して、物事の可否を判断する / 按現行法律判斷事物的是非。

例 現実に即する行動をしたらいい / 採取切實的行動就行了。

～にたえない / 不堪……；不能……；不勝……

句型 體言、動詞連體形＋にたえない

說明 表示動作主體不願意或難以容忍做某事。

例 こんなに親切にしていただいて、感謝にたえません / 您對我這麼熱情，不勝感謝。

例 とても聞くにたえない話を聞かされた / 聽到了非常不堪入耳的話。

例 彼の死を聞いて、遺憾にたえない / 聽到他的死訊，不勝遺憾。

～に足る / 值得……；足以……；值得……的

句型 動詞連體形＋に足る

說明 接在「尊敬する」「信頼する」等有限的幾個動詞後，表示「そうするにふさわしい」等意思，屬於生硬的書面用語。

例 読むに足るすばらしい小説ですよ / 是值得一讀的優秀小說。

例 これはわざわざ議論するに足る問題だろうか / 這個問題值得專門討論嗎？

例 果たしてあいつが、信頼するに足る人間だろうか / 究竟那傢伙是值得信賴的人嗎？

～にたえる / 耐得住……；經得起……

句型 體言、動詞連體形＋にたえる

說明 表示動作主體經得起某種檢驗。

例 強震にたえるような設計をするために、たいへん苦労した / 為了進行耐強震的設計，他費了很大的苦心。

例 なかなか鑑賞にたえる絵だ / 是一幅非常經得起鑑賞的畫。

例 もっと鑑賞にたえる作品を発表してもらいたい / 希望你發表更經得起鑑賞的作品。

～にとどまらず / 不限於…；不僅僅…

句型 體言＋にとどまらず

說明 表示某一事物超出所指的範圍。

例 テレビの悪影響は子供たちにとどまらず、大人にも及んでいる / 電視的不良影響不僅限於兒童，還涉及到成人。

例 その俳優は中国国内にとどまらず、世界的にも有名である / 那個演員不僅僅在中國國內，而且還馳名全世界。

例 この習慣はその地方にとどまらない / 這種習慣不只限於那個地區。

～にはあたらない / 不值得……；用不著……

句型 動詞連體形、體言＋にはあたらない

說明 表示不具有某種價值。

例 たかが子供がすることじゃない。驚くにはあたらない / 充其量不就是小孩做的事嗎？用不著這麼吃驚。

例 そんなことで、子供を叱るにはあたらない / 用不著因為那種事責罵孩子。

例 君の生まれた家なのだから、遠慮するにはあたらない / 因為是你生長的家，所以用不著客氣。

～にひきかえ / 與…正好相反

句型 體言＋にひきかえ

說明 表示兩項事物相對比，後項與前項正好相反。口語中多用「～に比べて」。

例 努力家の姉に引きかえ、弟は怠け者だ / 與非常努力的姐姐正好相反，弟弟非常懶惰。

例 昨日の好天に引きかえ、今日はどしゃ降りの雨だ / 與昨天的好天氣相反，今天是傾盆大雨。

例 兄にひきかえ、弟は誰にでも好かれる好青年だ / 與哥哥相反，弟弟是個人見人愛的好青年。

～にもまして / 還更加…；更…；勝過…

句型 體言＋にもまして

說明 表示後面所提及的事項比前面所提及的事項程度更甚。

例 彼女は以前にもましてきれいになった / 她比起以前變得更加漂亮了。

例 今年は去年にもまして台風が多い / 今天比起去年颱風更多。

例 あの人は年を取ると以前にもまして頑固になった / 那個人一上了年紀，變得比以前更頑固了。

～の至りだ／……之至；非常……

句型 名詞＋の至りだ

說明 接在幾個有限的名詞後，表示其極限、至高的狀態，也作為書面寒暄用語，表示「非常に～である」的意思。

例 このような盛会に出席させて頂いて、光栄の至りです／能出席如此盛會，非常榮幸。

例 非常な歓迎ぶりで感激の至りです／對於熱烈的歡迎，不勝感動。

例 このような賞をいただき、光栄の至りです／獲得如此獎項，感到非常榮幸。

～の極み（だ）／非常……；……之極限；最大……

句型 名詞＋の極み（だ）

說明 接在「感激」「痛恨」等有限的幾個名詞後，表示沒有比這更高的極限狀態。

例 資産家の一人息子として、贅沢の極みを尽くしていた／身為資本家的獨生子，真是奢侈至極。

例 今度の惨事は痛恨の極みです／這次惨案令人極其痛心。

例 ご出席いただけないことは遺憾の極みです／對您不能出席感到非常遺憾。

～はおろか / 不用說…就連…

句型 體言＋はおろか

說明 表示某件事是理所當然的、不言而喻的意思。多表示說話者的不満情緒。

例 彼は漢字はおろか、平仮名も書けない / 他別說是漢字了，就連平假名也不會寫。

例 彼は進学はおろか、食うにも困っている / 不用說升學，他連吃飯都成問題。

例 千円はおろか、10円も持っていない / 別說是一千日圓，就是十日圓也沒有。

～べからざる / 不可…；不應…

句型 動詞、動詞型助動詞終止形＋べからざる＋體言

說明 這是由文語推量助動詞「べし」的未然形，接文語否定助動詞「ず」的連體形「ざる」所構成的。該句型與現代口語的「べきではない」意思相同。

例 それは許すべからざる過失だ / 那是不可寬恕的錯誤。

例 これは歓迎すべからざる言動である / 這是不受歡迎的言行。

例 当たるべからざる勢い / 勢不可擋。

1級

～べからず / 不許…；不該…；禁止…

句型 動詞終止形＋べからず

說明 「べからず」接動詞終止形後是表示禁止的文言用法，現在除了公告、告示牌、廣告之外很少使用，與「てはいけない」意思相同。

例 録音中、ノックするべからず / 正在錄音，禁止敲門。

例 芝生内に入るべからず / 禁止進入草坪。

例 室内でタバコを吸うべからず / 室内禁止吸煙。

～べき / 應該…；要…

句型 動詞終止形、動詞型助動詞終止形＋べき

說明 「べき」是文語助動詞「べし」的連體形，用於修飾體言，表示有義務這麼做，也表示值得、理應如此。與「なければならない」意思相同。サ行變格動詞「する」接「べき」時，可以用「すべき」的形式，也可以用「するべき」的形式。

例 読むべきものはまだたくさんある / 該讀的東西還有許多。

例 なすべきことはまだある / 還有事情要做。

例 私は言うべきことを言っただけです / 我只說我該說的。

～まじき；～にあるまじき / 不該…；不可以…

句型 動詞連體形＋まじき（或にあるまじき）

說明 「まじき」是文語否定推量助動詞「まじ」的連體形。接在表示職業、地位、身分的名詞之後，表示「不應該…」的意思。「まじき」後接續「こと」「行為」「発言」「態度」等名詞，表示與某人的言行、資格、身分、立場、地位不符，具有責備的意思，是書面用語的表達方式。

例 酒を飲んで車を運転するなど警察官にあるまじき行為だ / 酒後駕車是警察不應該有的行為。

例 それは病人に言うまじきことだ / 那是不該對病人說的話。

例 カンニングするとは学生にあるまじき行為だ / 作弊是學生不該有的行為。

例 このような不法行為が公然と行われていたとは法治国家にあるまじきことだ / 公然從事這種違法行為，是法治國家不應該有的。

～までだ；～までのことだ / 只是……罷了；……就算了；不過……而已

句型 動詞連體形＋までだ（或までのことだ）

說明 該句型與「ただそれだけで、それ以外のことを考える必要はない」意思基本上相同，含有「在一定條件下只能這樣做，無須考慮其他」的意思。

例 念のために重ねて確かめた<u>までだ</u> / 只是為了慎重起見又確認一遍罷了。

例 いやなら、断る<u>までのことだ</u> / 若是不願意，拒絕就算了。

例 念のために、お尋ねしてみた<u>までです</u> / 只是為了慎重起見而詢問一下罷了。

例 ストライキなら、しかたがない。歩いて帰る<u>までだ</u> / 如果是罷工那就沒辦法了，只好走路回家。

例 そんなに心配することはない。だめなら、もう一度挑戦する<u>までだ</u> / 不必那麼擔心，如果不行，只不過是再挑戰一次而已。

～まで / 甚至…；就連…

句型 體言、用言、助詞＋まで

說明 接續在體言、用言及助詞後，表示程度。相當於中文的「甚至…」「就連…」等。其否定形式為「～までもない」。另外，有時用「～までのことだ」的形式來加強語氣。

例 かれは親にまで見離された／連父母都不理他了。

例 都会ばかりか、農村でまで流行しだしている／不只是城市，就連在農村也開始流行了。

例 自然を破壊してまで、山の中に新しい道路を作る必要はない／沒有必要不惜破壞自然環境，在山裡修築一條道路。

例 私はそれを夢にまで見るほど欲しがっている／我連作夢都很想要那個。

～までもない／無須…；用不著…

句型 動詞連體形＋までもない

説明 這是由副助詞「まで」接提示助詞「も」再接形容詞「ない」構成的句型，表示事情尚未達到「まで」前面所表示的程度，含有「その必要はない」的意思，即某種動作是不必要的、多餘的。

例 わざわざ行く<u>までもなかろう</u>／無須特意前往吧。

例 こんな小さな事は校長に報告する<u>までもない</u>／這點小事無須向校長報告。

例 人が一人では生きられないのは言う<u>までもない</u>／不用說，人是無法一個人生存的。

例 誰も知っていることだから、今さら調べる<u>までもない</u>／誰都知道的事情，事到如今用不著再調查了。

例 それは言う<u>までもなく</u>、あなたの間違いに決まっている／那不用說，一定是你的不對。

～まみれ / 満是……；沾滿……；滿身都是……

句型 名詞＋まみれ

說明 表示身體上沾滿液體或灰塵。

例 顔中血まみれになっていた人が病院に送られてきた / 一個滿臉是血的人被送到醫院。

例 大掃除をしていたので、体はほこりまみれになった / 因為大掃除了，所以滿身都是灰塵。

例 公園では子供たちが泥まみれになって遊んでいる / 在公園裡，孩子們渾身是泥地玩著。

例 暑い日に働いたので、汗まみれになってしまった / 因為在大熱天勞動，渾身都是汗。

例 頭のてっぺんから足の先までほこりまみれになった / 從頭頂到腳底都是灰塵。

～めく / 有……樣的意味；令人感到……樣的氣息

句型 名詞、形容詞或形容動詞語幹＋めく

說明 表示有某種傾向或徵兆。

例 そんな皮肉めいた言い方をしなくてもいいのに / 也用不著說那些有諷刺意味的話吧。

例 だいぶ春めいてきましたが、いかがお過ごしでしょうか / 大有春意盎然之意，您一切都好嗎？

例 そういう冗談めいた言い方はやめてほしい / 希望你不要再說那種玩笑似的話。

～もさることながら / 不用說…也…

句型 體言＋もさることながら

說明 表示前項固然不容忽視，但後項也同等重要。

例 彼は才能<u>もさることながら</u>、人柄も尊敬されている / 他的才能自不用說，人品也受到人們的尊敬。

例 あの子供は英語<u>もさることながら</u>、日本語も勘定だ / 那個孩子英語就不用說了，就連日語也很擅長。

例 娯楽<u>もさることながら</u>、まず仕事を立派にやり遂げよう / 娛樂雖然需要，但還是先把工作做好吧。

～や / 一…就… ; 剛…就…

句型 動詞終止形＋や

說明 表示前一個動作發生後，緊接著發生下一個動作。多作為書面用語。

例 発売される<u>や</u>、切符は売り切れた / 票剛開始出售，立即就賣光了。

例 席につく<u>や</u>、しゃべり始めた / 剛就座，就開始聊天。

例 家に駆け込む<u>や</u>、わっと泣き出した / 剛跑進屋子裡，就哇地一聲哭了出來。

～や否や / 一…就… ; 才剛…就…

句型 動詞終止形＋や否や

說明 表示前一個動作發生後，緊接著發生下一個動作。多作為書面用語。

例 結婚するや否や彼の態度は変わった / 才剛結婚，他的態度馬上就變了。

例 起きるや否や飛び出した / 才剛起床，就馬上跑出去了。

例 窓を開けるや否や鳥が部屋に飛び込んだ / 才剛打開窗戶，鳥兒就飛進屋裡來了。

例 彼女はデビューするやいなや人気アイドルになった / 她剛出道，就成了人們崇拜的偶像。

～由（よし） / 據悉…… ; 聽說……

句型 「體言＋の」、動詞連體形＋由

說明 為書信用語，用於表示傳聞。

例 そちらでは紅葉が今が盛りとの由ですが、伺えなくて残念です / 聽說那裡現在楓紅正盛，不能前往甚是遺憾。

例 将来の志望はジャーナリストの由です / 聽說他將來的志向是當一名新聞記者。

例 お元気の由、何よりです / 聽說您很健康，太好了。

例 日本へ来てから半年になる由ですが、もう日常生活にはすっかり慣れましたか / 聽說你來日本有半年了，日常生活已經完全適應了嗎？

■ (それ) ゆえに～ / 因此…；所以…

句型 句子＋ (それ) ゆえに＋句子

說明 「ゆえに」在句中用於連接上下兩個句子。它既可以作為接續詞單獨使用，也可以相當於一個接續助詞附加在體言或用言之後，表示原因、理由。作為接續詞使用時，還可以用「それゆえ (に)」的形式。該詞是文語的表達形式，一般僅用於書寫文章時，口語中並不使用。

例 三つの辺が等しい。ゆえに三角形ABCは正三角形である／三個邊相等，所以三角形ABC是正三角形。

例 彼はあまりにも自分の力を過信していた。それゆえに人々の忠告を聞こうともしなかった／他過於相信自己的能力，所以根本不想聽別人的忠告。

例 日本は国内に天然資源をもたない。ゆえにその貿易は加工貿易を特徴としている／日本國內沒有天然資源，所以其貿易特徵就是加工貿易。

例 運転中に携帯電話を使うための事故が多発しています。それゆえに、運転中の携帯電話の使用が禁止されれた／經常發生因開車時使用手機而造成的交通事故。因此，開車時禁止使用手機。

～（よ）うが／無論…也…；不管…也…

句型 動詞、形容詞未然形＋（よ）うが

說明 表示排除外部條件。為「～ても」的書面用語形式。

例 誰がなんと言おうが、私は進学しないつもりです／無論誰說什麼，我還是不會繼續升學。

例 どこで何をしようが、私の自由でしょう／不管在什麼地方做什麼，是我的自由。

例 どんなに辛かろうが、最後まで頑張るつもりです／無論多麼辛苦，也要努力到最後。

例 あの人はまわりがどんなにうるさかろうが、気にしない人です／他這個人無論周圍有多吵，都不在乎。

～（よ）うが～まいが／無論…還是…；不管是…還是…

句型 動詞未然形＋（よ）うが＋五段動詞終止形、非五段動詞終止形或連用形＋まいが

説明 表示不受任何事物的左右、限制。

例 ほかの人が信じようが信じまいが、あなただけは信じてほしいです／不管別人信不信，希望你要相信我。

例 行こうが行くまいが、私の勝手です／去也好，不去也好，我都可以。

例 人が遊ぼうが遊ぶまいが、私は仕事をします／不管別人要不要玩，我是要工作的。

～（よ）うと～まいと／無論…還是…；不管是…還是…

句型 動詞未然形＋（よ）うと＋五段動詞終止形、非五段動詞終止形或連用形＋まいと

説明 表示不受任何事物的左右、限制。用法和意思與「～（よ）うが～まいが」相同。

例 勝とうと勝つまいと試合に出たいです／無論勝敗，我都要參加比賽。

例 あの人が来ようと来るまいと私には関係ありません／那個人來不來，與我無關。

例 たくさん食べようと食べまいと料金は同じだ／不管吃多吃少，費用都是一樣的。

～（よ）うにも～ない / 想……也不能…

句型 動詞推量形＋（よ）う＋同一動詞的可能形＋ない

說明 表示行為、動作受阻而無法實現。

例 今さら、あんな遠いところへ行こうにも行けない / 即使是現在，那麼遠的地方也是想去也去不了。

例 全く自業自得だ。今になって、泣こうにも泣けない / 真是自作自受，到現在想哭都哭不出來。

例 大怪我をして、今病院のベッドの上です。動こうにも動けない状態です / 受了重傷，現在正躺在醫院的病床上，想動也動不了。

～をおいて / 只有…；除…之外

句型 體言＋をおいて

說明 用於表示限定範圍。

例 こんな事は親友をおいて、ほかに相談する人はいない / 這樣的事情，只有跟好朋友商量。

例 この仕事がやれる人は李さんをおいていない / 這項工作除了小李以外，別人做不了。

例 努力をおいてほかに成功する道はない / 成功之路除了努力別無他法。

～を限りに / 以…為界限

句型 體言＋を限りに

說明 用於表示界限。

例 今日を限りにあなたとは口を聞きません / 從今天起不再和你講話了。

例 彼とは卒業を限りにまったく連絡がなくなった / 和他從畢業起就沒有任何聯繫。

例 彼は声を限りに恋人の名を呼んだ / 他聲嘶力竭地呼喚戀人的名字。

～を皮切りに；～を皮切りにして；～を皮切りとして / 以…為開端；以…開始

句型 體言＋を皮切りに；體言＋を皮切りにして；體言＋を皮切りとして

說明 表示事物的起點，預告今後的發展。

例 この事件を皮切りとして、次々不思議な事件が起こった / 以這個事件為開端，接連不斷地發生了奇怪的事件。

例 彼の発言を皮切りにして、大勢の人が次々に意見を言った / 以他的發言為開頭，很多人陸續發表了意見。

例 今度の出演は東京を皮切りに、全国各地で開催された / 這次的演出從東京開始，而後在全國各地上演。

1 級

253

～を禁じえない / 禁不住……；不禁……；不由得……

句型 體言＋を禁じえない

説明 表示看到某事的狀態後，心中油然產生的抑制不住的某種內心感受。

例 あの人がクラス一の成績をとったなんて、驚きを禁じえない / 聽說他得了全班第一，不禁大吃一驚。

例 この惨事を目のあたりにして、涙を禁じえない / 目睹這次慘案不禁流下了眼淚。

例 彼の苦情を聞くにつけ、同情を禁じえない / 當聽到他的困境，不禁令人同情。

～をもって；～でもって / 到…為止

句型 體言＋をもって；體言＋でもって

説明 表示時間的終點。

例 父は六十歳でもって学長を辞任した / 父親在六十歲辭去了校長職務。

例 私は本日をもって退職することになりました / 我今天退休了。

例 これをもって大会を終了します / 大會到此結束。

例 三月一日をもってこの学校は廃校となる / 到了三月一日，這所學校將廢校。

～をもって／用…；以…；根據…

句型 體言＋をもって

說明 用於表示方法或手段。

例 試験の結果は書面をもってお知らせします／
考試結果以書面形式通知。

例 彼は非常な努力をもってその行事を成功させ
た／他非常努力地使該活動圓滿成功。

例 身をもって模範を示す／以身作則。

例 収入の多少をもってその人の値打ちを決める
ことはできない／不能用收入的多寡來決定一
個人的價值。

～をものともせず（に）／不顧…；
不把…當回事；冒著…

句型 體言＋をものともせず（に）

說明 表示不顧忌、不介意某件事，一般用於
克服困難、勇於進取時。

例 彼女は周囲の反対をものともせず、彼と結婚
した／她不顧周遭的反對，和他結婚了。

例 彼は不自由な体をものともせずに、頑張り抜
いた／他不把身殘當回事，奮鬥到底。

例 嵐をものともせず、作業を続けた／冒著暴風
雨，繼續工作。

例 鈴木選手は怪我をものともせずに、決戦に出まし
た／鈴木選手不把傷當回事，參加了決賽。

～を余儀なくさせる / 不得不……；迫使

句型 體言＋を余儀なくさせる

說明 接在動作性名詞之後，表示處於不得不做的狀態中，用於不好的事情的發生。

例 台風の襲来が登山計画の変更を余儀なくさせた / 由於颱風來襲不得不改變登山的計畫。

例 父親の死は彼女の退学を余儀なくさせた / 父親去世迫使她不得不退學。

例 我が軍は敵軍の撤退を余儀なくさせた / 我軍迫使敵軍不得不撤退。

～を余儀なくされる / 不得不……；無可奈何……；被迫……

句型 體言＋を余儀なくされる

說明 「余儀なく」是形容詞「余儀なし」的連用形，含有「不得已」「無奈」「沒辦法」等意思。「される」是「する」的被動語態。此句型表示某種行為非出於自願，是被迫的，強調客觀原因。

例 嵐で船の出帆は明日に延期することを余儀なくされた / 因為暴風雨，開船時間不得不延到明天。

例 急に用事ができて、旅行は延期を余儀なくされた / 因為有急事，旅行不得不延期。

例 雨天のため、運動会は中止を余儀なくされた / 因為雨天，運動會不得不中止。

～をよそに / 不顧…；置…於度外

句型 體言＋をよそに

說明 表示無視於別人的建議、想法，我行我素。

例 あの子は親の心配をよそに一週間も家に帰っていない / 那個孩子不顧父母的擔心，一星期都沒回家。

例 受験だというのに、勉強をよそに遊んでばかりいる / 要考試了，但還是不肯用功光是玩。

例 住民の反対をよそにホテルの建設を始めている / 不顧居民的反對，開始建起了旅館。

例 彼は家族の期待をよそに、不安定なフリーターの生活を続けている / 他不顧家裡人的期望，過著不安定的打工生活。

～ん（ぬ）ばかり / 眼看就要…；差一點…；幾乎要…

句型 動詞未然形＋ん（ぬ）ばかり

說明 表示他人的情形、姿態，雖然沒說出口，但動作已經表露出來。

例 彼はぼくに泣かんばかりに頼んだ / 他幾乎要哭出來地央求我。

例 橋が落ちぬばかりだ / 橋眼看就要塌了。

例 喜びのあまり今にも飛び上がらんばかりだ / 高興得幾乎要跳起來。

例 その男は殴らんばかりの勢いで飛びかかってきた / 那個男人像要打人似的撲了過來。

257

句型索引

な

264

國家圖書館出版品預行編目資料

日語檢定必背句型集／日語
辭書編委會主編. --初版--.
--臺北市：書泉, 2009.02
　面；　公分
ISBN 978-986-121-446-7
　（平裝）
1. 日語 2. 句法
803.169　　　　　97022748

3A81

日語檢定必背句型集

主　　編 ─ 日語辭書編委會

發 行 人 ─ 楊榮川

總 編 輯 ─ 龐君豪

封面設計 ─ 吳佳臻

出 版 者 ─ 書泉出版社

地　　址：106台北市大安區和平東
　　　　　路二段339號4樓

電　　話：(02)2705-5066

傳　　真：(02)2706-6100

網　　址：http://www.wunan.com.tw

電子郵件：shuchuan@shuchuan.
　　　　　com.tw

劃撥帳號：01303853

戶　　名：書泉出版社

總經銷：朝日文化
進退貨地址：新北市中和區橋安街15巷1號7樓
TEL：(02)2249-7714 FAX：(02)2249-8715

張澤平律師

出版日期　2009年2月初版一刷

定　　價　新臺幣180元